흥선 대원군 – 주름잡은 풍운아

서연비람은 조선 시대 왕궁 내, 강론의 자리였던 서연(書筵)에서 강관(講官)이 왕세자에게 가르치던 경전의 요지를 수집하여 기록한 책(비람備覽)을 말합니다. 서연비람 출판사는 민주주의 국가의 주인인 시민들 역시 지속 가능한 과거와 현재, 미래의 이치를 깨우치고 체현해야 한다는 믿음으로 엄선한 도서를 발간합니다.

역사와 문학 비람북스 인물 시리즈

흥선 대원군–일세를 주름잡은 풍운아

초판 1쇄 2022년 08월 31일
지은이 채희문
편집주간 김종성
편집장 이상기
펴낸이 윤진성
펴낸곳 서연비람
등록 2016년 6월 29일 제 2016-000147호
주소 서울특별시 강남구 언주로30길 57, 제이동 6층 606호
전자주소 birambooks@daum.net

ⓒ 채희문 2022, Printed in Korea.

ISBN 979-11-89171-42-1 44810
ISBN 979-11-89171-26-1 (세트)

값 9,800원

역사와 문학

비람북스 인물시리즈

일세를 주름잡은 풍운아

흥선 대원군

채희문 지음

차례

머리말

조선조 말기처럼 어지럽고, 처참하고, 가난하고, 슬픈 시기가 이 세상 또 어디에 있을까? 겨우 160여 년 전. 세도가들이 권세를 착취의 수단으로 알고 위세를 떨며 날뛰던 와중에 백성들은 가난을 운명으로 여긴 채 버티며 살아가야 했다. 당시 농민들의 정치, 사회의식은 한결 높아져갔고 농촌사회도 아울러 발전하였지만 구태악습에 젖어있던 위정자들의 의식은 오히려 뒷걸음질치고 있었다.

슬프고 가슴 아린 기억이 과거의 일이라 해서 순순히 잊힐 리 없다. 그 기억을 선명하게 되새김하기 위해서 흥선대원군의 삶을 되돌아보기로 했다. 과거는 미래의 거울, 아팠던 흔적을 고스란히 기억해내야 밝은 미래를 예견하고 맞이할 수 있기 때문이다.

흥선대원군 이하응.

그는 한때 외척이 득세한 어지러운 세상에서 거렁뱅이 짓으로 목숨을 보존하기도 했지만 끝내 정권을 장악하여 망해가는 후기왕조를 당당히 재건한 개혁정치인이었다. 그는 나라를 부흥시키고 백성을 구제하려는 이념으로 호방하게 일세를 주름잡던 풍운아였으며 한 시대를 호령한 권력자였다.

오랫동안 권세를 누려오던 외척들을 몰아낸 후에 그는 신분의 귀천이나 파벌을 가리지 않고 인재를 등용하는 혁신적인 인사행정을 펴나갔고, 국가기구를 과감히 재정비하여 왕권을 강화해나갔다. 문란한 삼정[1]을 바로잡고 획기적인 개혁을 단행했으며 침략해오는 열강에 당당히 맞서기도 했으나 그가 치세하는 동안에는 수많은 천주교도를 박해하여 산하에 붉은 피가 흩뿌려지기도 했다.

흥선대원군은 78세에 달하는 긴 삶을 누렸지만, 이 소설에서는 그가 정권을 쥐기 직전인 1863년(철종14년) 전후의 이야기만을 다루었다. 흥선대원군의 다난한 삶 전체를 이야기하는 것보다 삶을 결정짓는 극적인 부분만을 단층촬영하듯 보여주는 편이 이 글을 읽는 독자에게 메시지를 선명히 제시할 수 있을 것이기 때문이다.

역사를 기록하는 것은 과거의 기억을 찬찬히 되살려내는

---

1 삼정(三政): 조선시대, 국가 재정의 근본을 이루는 전정, 군정, 환정을 아울러 이르던 말.

것이고, 과거의 기억을 되살려 반추하며 우리에게 닥칠 미래의 삶을 바람직하게 이끌어 가기 위함일 것이다.

불과 200여 년 전에 이 땅에 태어나 조선의 근대화와 국권 수호를 위해 처절히 싸우다 간 흥선이란 대장부를 기억하고 되살리는 것만으로도 현세를 살아가는 우리로서는 여러 가지로 많은 깨우침을 얻게 될 것임을 확신한다.

2022년 2월 28일
채희문

1. 그대가 이 나라의 왕족이라고?

조선 후기, 강화 도령 철종이 즉위한 지 11년째 되던 경신년(1860년) 여름, 한양 인근에 전염병이 창궐했다. 거리에는 매일같이 상여가 지나갔고, 골목마다 구슬픈 곡소리가 끊이지 않았다. 지난해에 이어 연속되는 재앙이었다.

원래 재앙이란 겹쳐서 일어나게 마련인가? 아니면 향후 연속으로 터지는 민란1을 예고하는 신호였던가?

철종 13년인 임술년(1862년) 2월에 이르러서는 진주에서 큰 민란이 발생했다. 토지 소유의 불균형과 삼정 문란으로 인하여 세상이 어지러웠는데, 진주 병사2를 위시한 탐관오리의 횡포를 참다못한 백성들이 맞서 들고일어났던 것이다. 농민들은 집과 논과 밭 모두를 버리고 떠도는 유민이 되어 봉기했다. 피폐해질 대로 피폐해진 그들은 스스로를 초군이라 부르며 머리에 흰 띠를 두르고 진주성으로 쳐들

---

1 민란(民亂): 학정에 대항하여 백성들이 일으킨 폭동이나 소요. 민요(民擾).
2 병사(兵使): 병마절도사(兵馬節度使)의 준말.

어갔는데, 그 숫자가 무려 수만 명에 달했다.

그동안 쌓였던 원한이 얼마나 깊었던가? 농민군은 양반, 지주들의 집을 불태우고 악질적인 아전3들 몇 명을 죽이거나 감금했으며, 관청에 쳐들어가 세금을 거두기 위한 장부를 불태우곤 했다. 태풍처럼 불어닥친 진주 민란은 23개 면을 휩쓸었고, 120여 채의 집을 파괴하고 나서 10여 일 만에 수습되었다.

그러나 진주 민란 이후에도 혼탁한 세상은 맑아질 줄 몰랐다. 오랫동안 백성을 괴롭혀 온 삼정 문란, 즉 세금 정책의 폐단이 해결되지 않고 여전했으므로 백성들의 원성은 점점 높아질 뿐이었다. 그해 4월에는 익산, 개령, 함평에서 또다시 민란이 일어났고, 5월에는 충청, 경상, 전라 각지에, 그리고 10월에는 제주, 함평, 광주에서까지 민란이 발생했다.

---

3 아전(衙前): 조선시대, 중앙과 지방의 주, 부, 군, 현의 관청에 딸린 구실아치를 이르던 말.

삼정이란 전세, 군포, 환곡을 일컫는 말이다. 관리들은 세금을 걷기에 혈안이 되어 죽은 사람에게까지도 세금을 매기는가 하면, 봄에 쭉정이가 섞인 쌀을 백성들에게 빌려주고 추수 후에 엄청나게 높은 이자를 쳐서 되받는 짓을 계속하곤 했던 것이다. 이를테면 백성들은 죽도록 일해도 먹고살기 힘들었고, 지방 관리들과 아전들은 권세를 이용하여 백성을 수탈하고 배를 불리던 시절이었다.

백성이라 함은 하층민으로서 평민과 천민을 일컫는다. 농민이 대부분이었으나 소위 7천이라 불리는 기생, 무당, 역졸, 사령, 중, 비구니, 종 등의 천민으로 이루어져 있었고, 그 상위 계급으로 양반을 보좌하는 관청 이속4들이 있었으며, 가장 위로 양반 계층이 자리하고 있었다.

이러한 신분 제도는 상류층의 횡포를 막기 위해 법으로 엄히 다스려지기는 하였으나 하층민들에겐 가혹하기 그지없어서 백성들은 언제나 곤궁하고 고통스러운 신세였다. 그뿐이랴? 그런 신세는 대를 이어 계속되었다. 종이 자식을 낳으면 그 자식 역시 종의 신세를 벗어나지 못했고, 기

---

4 이속(吏屬): 조선시대, 중앙과 지방의 관청에 속해있던 하급 관리를 통틀어 이르는 말.

생이 딸을 낳으면 그 딸 역시 기생 호적에 이름을 올려야
했다.

가뜩이나 천한 신분에 자기 소유의 논밭조차 없고, 수중
에 엽전 한 푼 없는 입장이니 그 서글프기가 이루 말할 수
없었다. 오로지 천하게 태어난 죄 때문에, 그래서 배우지
못했고 가난하다는 죄 때문에 벼슬아치들에게 까닭 없이
불리어 가고 매 맞고 모함을 당하고 억울하게 죽어 갔으니
그 한은 대를 이어 깊어만 갔다.

흥선군(興宣君) 이하응(李昰應).

그는 당시 신분으로서는 가장 높은 왕손, 더구나 정통파
에 속하는 위풍당당한 지체였다. 하지만 세상살이가 억울
하고 서글프다 못해 한 맺힌 사람 중의 하나였다. 여차하면
임금이 될 수 있는 고귀한 신분이었으나 웬일인지 그는 비
렁뱅이처럼 행색이 초라했고 장안에서는 이미 주정뱅이요
망나니, 게다가 돈 떼먹기 잘하는 노름꾼으로 소문나 있었
다. 더구나 술이라도 한잔 걸치면 문중인 이(李)씨 가문에
똥칠을 하기 일쑤여서 친척들 간에도 웬만한 이들은 그를
가까이하려 하지 않았다.

조선은 엄연한 왕국이다. 왕국에서 흥선군으로 봉군5

되었으니 이하응은 주위로부터 대감이라 불리기에 마땅했다. 어쨌거나 왕족 아닌가. 원래 그토록 지체 높은 대감이 외출이라도 하게 되면 주위가 요란하기 짝이 없어야만 했다.

"이놈들아, 물렀거라, 게 섰거라. 선 놈들은 모두 주저앉거라."

이를 벽제6라 한다. 고함치는 벽제 소리에 천한 상것들은 이리 뛰고 저리 뛰며 사방으로 갈라져 쪼그려 앉아야만 한다. 잔뜩 위세를 떨며 교가 위에 앉은 대감의 앞뒤로 무려 열여섯 명이나 되는 구종7, 별배8들이 호위를 해야만 했다.

---

5 봉군(封君): 조선시대, 임금이 왕족에게 '대군(大君)'이나 '군(君)'의 작위를 내려 줌.
6 벽제(辟除): 예전에 지위가 높은 사람이 행차할 때, 벼슬아치의 집에서 사사로이 부리는 하인들이 일반 사람들의 통행을 금하는 일을 이르던 말.
7 구종(驅從): 말을 타고 갈 때에 고삐를 잡고 앞에서 끌거나 뒤에서 따르는 하인.
8 별배(別陪): 예전에, 관서의 특정 관원에게 배속되어 관원의 집에서 부리던 사령. 관원의 사노비처럼 취급되기도 하였다.

하지만 흥선군의 행차는 초라하기가 말할 수 없었다. 겨우 다섯 자 남짓한 키에 무릎 위까지 기어오른 낡은 도포를 걸친 채 흔들흔들 혼자 걷고 있었으니 행차라고 할 수도 없었다. 물론 수중에 엽전 한 푼도 지니지 못했다. 그나마 양반 체면을 지키려면 뒤따르는 하인이라도 한 명쯤은 있어야 했다. 그러나 눈을 씻고 보아도 흥선의 뒤를 따르는 하인은 없었다. 그는 오로지 문틈으로 흘러나오는 음식 냄새에 회가 동해서9 코를 씰룩이며 술집, 밥집들이 즐비한 남촌 골목을 기웃거릴 뿐이었다.

언제부터인가 남산골에는 과거 준비를 하는 가난한 선비들이 각지에서 모여들어 촌락을 이루고 있었다. 그들은 과거를 통해 당당히 등용되길 바라며 학문에 매진했으나 웬걸, 이 세상에는 벼슬을 사고파는 매관매직10의 악풍이 진작부터 성행하고 있었다. 과거를 치르려면 높은 벼슬아치들이 사는 집 대문을 출석하다시피 드나들 줄 알아야 한다

---

9 회(蛔)가 동하다: 본뜻은 배 속에 있는 회충이 제 먼저 요동을 칠 정도로 입맛이 당긴다는 뜻이고, 바뀐 뜻은 어떤 음식이나 일을 앞에 두었을 때 썩 입맛이 당기거나 즐거운 호기심이 일어나는 상태를 가리키는 말이다.
10 매관매직(賣官賣職): 돈이나 재물을 받고 벼슬을 시킴.

는 둥, 관료를 발탁하고 임명하는 모든 과정이 이미 정해진 순서에 따를 뿐이라는 둥, 가난한 선비들에게 들려오는 풍문은 우울한 내용들뿐이었다.

남촌은 가난한 선비들과 지체 낮은 장사꾼들이 모여 사는 동네이긴 했으나 술집은 제법 많았다. 하루해가 저물고 길이 어둑어둑해질 무렵, 종로통을 가로질러서 좁다란 개천길인 청계천을 건너게 되면 벌써부터 코끝에 전을 지지는 냄새가 고소하게 풍겨 오곤 했다.

고시촌이란 명성에 어울리지 않게 제법 이름을 날리는 술집도 많았는데, 그 또한 방귀깨나 뀌며 허장성세11를 부리는 북촌의 건달들이 이곳으로 찾아드는 이유이기도 했다. 몇몇의 이름난 술집에서는 아무리 북촌 양반들이라도 언행을 조심해야만 했다. 자칫 웃음거리가 되면 금세 소문으로 멀찌감치 퍼져나가서 남촌 일대는 물론 솟을대문12이 즐비한 북촌 사랑에까지 파다하게 전해지곤 했기 때문이다.

---

11 허장성세(虛張聲勢): '헛되이 목소리의 기세만 높인다'는 뜻으로, 실력이 없으면서도 허세로만 떠벌림.
12 솟을대문: 행랑채의 지붕보다 높이 세운 대문.

해가 서산으로 숨어들었는지 어느새 목덜미가 선들선들 해지고 행인들의 발걸음이 바빠지기 시작할 무렵이었다. 흥선은 아직 채 어두워지기도 전에 커다란 초롱[13]을 대문에 내건 술집을 발견하고 술청[14]으로 성큼 들어서던 참이었다.

"비나이다. 비나이다. 옥황상제님께 비나이다."

제법 한산하던 골목과는 달리 안방과 마루, 건넌방 모두에 손님들이 들어찼는지 떠들썩한 와중에 병자처럼 얼굴색이 창백한 사내가 장독대 옆에 정화수를 떠 놓고 빌고 있었다.

"그저 저 건너 김가네 자손들이 실성하거나 요절[15]하게만 해 주십시오. 옥황상제님께 비나이다."

정화수를 떠 놓고 옥황상제께 소원을 빌려면 새벽이나

---

13 초롱: 촛불로 켜는 등의 하나.
14 술청: 선술집에서 술을 따라놓는 곳.
15 요절(夭折): 젊은 나이에 일찍 죽음

깊은 밤 시간이 제격 아닌가. 하물며 이제 막 해가 서산으로 넘어갔을 뿐, 서녘 하늘이 아직도 훤한 시각에 술꾼들로 가득 차 소란스러운 곳에서 무슨 소원을 빈단 말인가. 허물며 남의 자손을 미치거나 일찍 죽게 해 달라고?

"어험, 이 집 주모16가 누구냐?"

그는 호기롭게 소리쳐 주모를 불렀다. 그의 목소리가 유별나게 우렁찼던지 술청에 앉아 탁주를 들이켜던 한 무리의 사내들이 고개를 돌려 흥선을 돌아봤다.

"어서 오세요. 혼자 오셨나요?"

부엌에서 주모가 나오며 손님을 반겼다. 비교적 젊은 편인 주모는 눈매가 서글서글한 것이 제법 미인 축에 드는 용모였다.

"내 술 한 잔 마시러 왔건만 술맛 잡치게시리 정화수 떠 놓고 양반집 자손들을 실성하게 해 달라고 비는 작자가 있구나. 해괴하게도 손님 들어서는 길을 떡하니 막고 서서 이 무슨 짓을 하는 겐가?"

비록 의관은 낡고 행색은 초라했으나 흥선의 목소리는

---

16 주모(酒母): 술청에서 술을 파는 여자.

당당했다. 그는 성큼 대청17으로 올라서면서 양손으로 도포18 자락을 홀렁 뒤로 젖힌 뒤 고자세로 허리를 펴고 꼿꼿이 앉아 호령했다.

"아이고, 손님도 귀는 어지간히 밝으셔! 김가네 자손들 실성하게 해 달라는 말은 어느새 들으셨어요?"

주모는 젖은 손을 행주치마에 닦으며 사내와 흥선을 번갈아 바라보았다. 그녀의 눈에 자칫 낭패한 표정이 깃들기 시작했다.

"네가 귀밝이술19을 못 팔아서 안달이 났느냐? 왜 남의 귀 밝은 걸 탓하고 그러느냐. 실성하게 해 달라는 것으로는 양이 차지 않는가 보구나. 요절을 시켜 달란다, 요절을! 어쨌거나 너는 어서 술이나 한 상 잘 차려 내오너라."

흥선은 이렇게 말하면서 장독대 옆의 노인을 흘깃 돌아보았다. 흥선의 목소리가 우렁찼기 때문에 정화수 앞에서 소원을 빌던 노인도 주춤할 수밖에 없었다.

---

17 대청(大廳): 전통가옥에서, 방과 방 사이나 방 앞을 지면으로부터 높이 떨어지게 하여 널빤지를 길고 평평하게 깐 공간.
18 도포(道袍): 예전에, 선비들이 통상의 예복으로 입던 겉옷.
19 귀밝이술: 음력 정월 보름날 아침에 귀가 밝아지라고 마시는 술.

"얼마나 지체가 높은 분인지는 모르겠으나, 내 지금 하는 짓이 결코 해괴한 짓은 아니외다. 공연히 남의 일에 참견일랑 마시고 술 드시러 오셨으면 조용히 앉아 술이나 드시오."

"어허, 김가네와 원한이라도 졌소이까? 김가네가 누군지 몰라도 몹쓸 짓을 저질렀으면 포청20에 일러서 주리21를 틀든지 하면 될 것을. 어쩐 일로 남의 자손을 미치게 해 달라고 숨어서 빈단 말이오?"

흥선이 장죽 담뱃대 끝에 부시22를 탁탁 쳐 가며 물었다.

"노형은 대관절 누군데 그토록 말도 안 되는 소리를 하시는 게요? 김가네를 포청에 일러서 주리를 틀라고? 허 참! 도대체 댁은 뉘시오?"

"나요? 난 이가요. 전주 이가외다."

"전주 이가? 이 서방이 어디 한둘인가? 도대체 어느 어른의 자손인데 그토록 세상 물정을 모르는 척하는 거요?"

---

20 포청(捕廳): 조선시대, 한성부와 경기도의 치안과 방범을 관장한 관청

21 주리: 죄인의 두 다리를 한데 묶고 다리 사이에 두 개의 주릿대를 끼워 비트는 형벌.

22 부시: 부싯돌을 쳐서 불이 일어나게 하는 쇳조각.

정화수를 떠 놓고 빌던 사내는 허리를 펴고 똑바로 서서 찬찬히 흥선의 꼴을 훑어보기 시작했다. 우선 댓돌23에 벗어 놓은 다 떨어진 가죽신부터가 눈에 거슬렸다. 도포 자락은 낡을 대로 낡았고, 참대24 조각으로 끈을 이은 갓은 색깔이 허옇게 바래 있었다. 그렇다면 뻔한 일. 이 사내의 정체는 뉘 집 뼈다귀인지도 모를 백수건달임이 분명했다.

사내는 혹시라도 실수할까 싶어 흥선의 몰골을 다시 한 번 찬찬히 훑어보았다. 감히 안동 김씨 세도가들에게 맞설 정도로 권력을 가졌거나 돈을 지녔다면 얼굴에 윤기부터 자르르 흘러야 마땅했다. 호박25 갓끈을 따라 드리워진 수염은 곱게 다듬어져 있어야 마땅했고, 무엇보다도 태도에 느긋함이 깃들어 있어야 했다. 그러나 눈앞에 퍼질러 앉은 흥선에게서 그런 모습이라곤 찾아볼 수 없었다.

"주제를 보아하니 몰락한 양반이신가? 시정잡배 아니면

---

23 댓돌: 집채의 앞뒤에 오르내릴 수 있게 놓은 돌층계.
24 참대: 볏과의 여러해살이풀.
25 호박(琥珀): 지질시대 나무의 진 따위가 땅속에 묻혀서 탄소, 수소, 산소 등과 화합하여 굳어진 누런색 광물.

다행이겠소. 그래도 꼴에 양반이라고 남에게 하대26는 잘하는구려. 양반이라면 새겨들으시오. 인간 세상에서 백성들이 가장 감당하기 어려운 것이 권력과 부귀라오. 나 역시 양갓집 자손이긴 하나 살림이 워낙 궁핍해서 배나 곯지 않을 양으로 딸아이를 김씨 세도가에게 첩으로 보냈다가 그만 변을 당하고 말았소."

"변이라니?"

"북촌가의 그 고관 놈이 외출한 틈을 타서 그 마누라가 절굿공이로 짓찧어 죽인 게지요. 내 딸을 말이오."

"죽여요? 왜? 어째서 그리 잔혹한 짓을?"

"내 딸아이가 얼굴 반반하게 생긴 게 죄요. 제 서방을 예쁜 얼굴로 홀렸다는 겁니다. 꼬리를 쳤다나요?"

"첩에게 질투를 했단 말이오? 아무리 질투를 하기로서니 사람을 죽여?"

한 지붕 안에 첩으로 들여앉혀 놓고는 본부인이 질투하여 참살27했다니 변고28가 아닐 수 없었다. 그 소식을 들은

---

26 하대(下待): 남을 낮게 대우하거나 무대접함
27 참살(慘殺): 처참하게 죽임.
28 변고(變故): 갑작스럽게 일어난 좋지 않은 일.

그녀의 친정 어미는 그 자리에서 실성했다고 한다. 친정 애비는 그 원한을 감당하지 못했으나 감히 김가의 세력과 부귀에 눌려 복수할 엄두도 내지 못하고 그저 아무 때, 아무 곳에서나 정화수 한 그릇 떠 놓고 옥황상제에게 비는 것이 고작이었다. 그 친정 애비가 바로 이 사내였다.

"어허, 내 언젠가 그 김가 놈을 잡아다 물고29를 낼 것이야."

사내의 말을 듣고 난 흥선은 두 주먹을 불끈 쥐었다. 그러나 얼굴이 창백한 그 사내는 기가 막힌다는 표정이었다.

"그래요? 비루먹은 전주 이가 주제에 감히 안동 김가를 잡아다 물고해? 도대체 노형이 누구시기에 그렇게 허세를 부린단 말이오?"

사내는 헷! 허헷! 하고 뱃구레로부터 콧구멍에 이르기까지 헷바람 빠지는 소리를 내며 쓴웃음을 지었다.

---

29 물고(物故): 죄지은 사람을 잡아 죽이는 것을 완곡하게 이르는 말.

"그래도 왕족이라고…… 비렁뱅이 주제에 입은 살았소. 꼴에 어쩌고 어째요? 김가네 족속들을 잡아다 물고를 내? 꿈 깨시오. 오히려 노형이 형틀에 묶여서 설사가 터지도록 두들겨 맞지나 않으면 다행이지. 요즘 조선 천하에 노형 같은 이가들이 사람대접이나 받는 줄 아오?"

어허, 백수건달들이 수두룩한 술집에서 잘 알지도 못하는 사내에게 이런 망신을 당하다니. 흥선은 망신스러웠다. 그러나 망신스러움은 잠깐일 뿐, 아련히 가슴 깊은 곳이 저려 오기 시작했다. 무릇 전주 이씨라면 왕가의 자손 아닌가. 왕이 되어 천하를 호령할 수도 있는 사람, 가난하지만 착한 이 나라 백성을 보살피며 역사를 새롭게 이루어 나갈 수도 있는 사람이었다. 하지만 지금의 그는 발에 차이는 개똥처럼 보잘것없이 여겨져야만 살아남을 수 있는 가련한 신세였다. 술주정뱅이로, 시정잡배로, 파락호30로 위장하지 않으면 김씨 세도가들에 의하여 언제 어디서 죽임을 당할지 모르는 신세였단 말이다.

---

30 파락호(破落戶): 행세하는 집안의 자손으로 허랑방탕하여 아주 결딴난 사람.

'그래, 내 소망을 이루기 위해서라면 이런 정도의 수모쯤이야 능히 감당해야 할 것이다. 술주정꾼이면 어떠랴? 개망나니면 또 어떠랴? 반반한 왕족이라 여겨지면 김씨 세도가들에게 발각되어 쥐도 새도 모르게 차례차례 목숨이 날아가는 판에.'

그랬다. 변두리 술집에서 이렇게 망신을 당하는 편이 오히려 흥선의 계략을 성공으로 이끄는 수단이 되곤 했다. 그는 여태껏 어떤 자리에서건 간에 비렁뱅이나 파락호, 그리고 팔불출[31]로 대접받기 위해 무진 애를 쓰지 않았던가. 그러지 않았다면 진즉에 도정이나 경평군 신세가 되지 않았으리란 보장이 없었다.

근래에 정통파 왕손으로 일컬어지던 자라고 해야 '경평균 이세보'와 '도정 이하전'뿐이지 않았던가. 그들은 세도정치하에서도 오로지 자신의 기개를 굽히지 않고 당당히 살아가던 왕손들이었다. 그러나 지난해에 경평균 이세보가 공연히 역모[32]에 몰려 저 멀리 완도 옆에 있는 신지도로 유

---

31 팔불출(八不出): 열 달을 채 못 채우고 여덟 달 만에 나왔다는 뜻으로, 몹시 어리석은 사람을 조롱하여 이르는 말.

배를 당하더니, 얼마 전에는 그토록 당당하던 도정 이하전 마저도 역모 누명을 쓰고야 말았던 것이다.

순조, 헌종, 철종에 이르는 60년 동안 정권을 잡고 세상을 쥐락펴락했던 안동 김씨 세도 정권은 '순조를 잘 보살펴 달라'는 정조의 유언을 받은 '김조순'으로부터 시작되었다. 당시 순조의 왕비, 즉 순원 왕후는 바로 김조순의 딸이었다.

그 후 순원 왕후의 수렴청정33을 거쳐 철종의 비까지 안동 김씨 가문에서 배출함으로써 세도 정권은 무려 60년 동안이나 이어지게 되었다. 세도는 본래 '세상을 바르게 다스리는 도리'란 뜻으로 쓰이던 말이었으나, 어느새 변질하여 임금의 총애를 받는 신하나 외척들이 자기들 마음대로 정권을 남용한다는 말이 되었다.

순조 시대에는 김조순이 영안부원군으로 봉해져 정권을 흔들다가 헌종 대에는 그의 아들 '김좌근'이 영의정까지 올

---

32 역모(逆謀): 임금이나 나라를 배반할 계획을 짬.
33 수렴청정(垂簾聽政): 임금이 어린 나이로 즉위하였을 때 왕대비나 대왕대비가 이를 도와 정사를 돌보던 일.

라 정권을 이어받았고, 철종 대에 이르러서는 김좌근의 양자인 '김병기'가 훈련대장, 금영대장, 보국, 좌찬성의 지위에 올라 정권을 손아귀에서 휘둘렀다. 그들이 요직을 모두 차고앉았으니 견제할 세력도 없었다. 그들이 가문의 영달을 추구하느라 뇌물 수수를 일삼으니 매관매직이 이루어지고 그 와중에 공평해야 할 과거 제도마저 문란해지기 시작했다.

철종은 왕위에 올라 3년이 되던 해인 1852년부터 친정[34]을 하였으나 정치적인 실권은 여전히 안동 김씨들에 의해 좌지우지되고 있었다. 그들은 조선의 왕족 중에서도 향후 왕위에 올라 자신들의 권력에 위협이 될 만한 사람이 있으면 미리미리 찾아내어서 어떤 모함을 씌우든지 곧바로 처단해 버리기를 서슴지 않았다.

"자, 여기에 술상 봐왔으니 어서 술값이나 먼저 쳐주세요."

언뜻 보기에도 초라하고 공연히 허세를 부리는 본새가 못 미더웠던지 주모는 술값을 선불로 요구했다. 하지만 비

---

34 친정(親政): 남에게 의탁하지 않고 임금이 직접 나라의 정사를 돌봄.

렁뱅이 노릇을 하는 흥선에게 술값이 수중에 있을 리 없었다.

"그래? 거참 술상이라고 알량하게도 차려 왔구나. 이까짓 술값이 얼마더냐?"

"원래 두 냥 반은 받아야 하는데, 보아하니 손님 형편도 넉넉지 않은 것 같으니 뚝 잘라서 두 냥만 내놓으세요."

흥선의 꼴이 워낙 변변치 않았던가? 주모도 덩달아 하대하기 시작했다. 언뜻 보았을 땐 꽤나 미인 축에 드는 젊은 여인이라 생각했는데 찬찬히 새겨보니 눈가의 주름이 깊었으며 아마도 마흔 살은 훌쩍 넘어선 과부인 듯했다. 생각보다 술값이 비싸다고 여겨졌으나 그는 대범하게 말을 이었다.

"술값이라고 어지간히도 싸구나. 고작 두 냥이라? 여기 술집에 있는 모든 손님을 합해 봐야 열 명이나 되겠느냐? 그자들 술값까지 몽땅 합쳐서 스무 냥을 치면 되겠구나. 자! 이걸 술값 대신 받아라! 값어치가 백 냥은 될 터이니 여든 냥을 네가 이득 보는 게 되는구나. 잘 보관해라."

허기지던 차에 단숨에 들이켠 술이 제맛이던가. 흥선은 크아~ 하고 입맛을 다시며 도포 소매 안에 돌돌 말아 넣어두었던 그림 한 장을 주모에게 툭 내던졌다. 그는 술값을 치렀으니 되었다는 식으로 술상에 함께 차려진 안주들을 허겁지겁 입으로 퍼 넣기 시작했다. 상당히 배가 고팠던 모양이다.

"어매나, 돈을 내놓으라니까 웬 쓸데없는 종이 쪼가리를?"

"그래 봬도 내 이름 석 자가 적힌 난초 그림이로다. 장차 금은보화보다도 더 귀해질 테니 잘 보관하면 가보로도 쓰일 것이다."

이거, 대단히 치사한 사기꾼이로구나 하고 주모는 생각했다. 키도, 인물도 변변치 못한 것이 허세만 잔뜩 들어서 뭐가 어째? 이따위 낙서가 장차 금은보화보다도 더 귀해진다고?

"아니 제까짓 게 전주 이가면 다예요? 거지발싸개 같은 양반이 북촌 대감 흉내는 잘도 내시는군. 어서 돈이나 내놔요. 원 세상에. 걸친 거라곤 누더기뿐이니 껍데기를 벗길 수도 없고."

재수 옴 붙었다는 뜻이었다. 하긴 들어서면서부터 남에게 시비를 걸지 않나, 무전취식을 하지 않나……. 그러나 흥선이라고 해서 맘이 편하지는 않았다. 이 험한 세상에 왕손으로서 목숨을 보전하기 위해 비렁뱅이 짓은 할지언정 당장에 주린 배 속은 채워 줘야만 할 것 아닌가. 배가 고파

헛것이 보일 지경인데 음식 냄새는 코끝에 진동하니 체면은 아무짝에도 쓸모가 없었다.

"좋아요. 왕손이건 나발이건 세상에 공짜 음식은 없다는 거 잘 아시지요? 이따위 낙서 말고 시원하게 목청 돋우어서 창이나 한 곡 뽑아 봐요. 그럼 내가 안주와 더불어 술상 한 번 인심 쓴 셈 치리다."

어차피 술값을 받기는 물 건너간 일이라 여겼는지 주모가 이렇게 제안했다. 주모 앞에서 술을 빌어먹는 흥선은 이미 왕손도 아니오, 사내대장부도 아니었다. 오로지 굶주린 상갓집 개와 하등 다를 바 없었다.

"카! 그거 듣던 중 묘안이로구나. 너는 노랫가락 들어서 좋고, 나는 술 마시니 또한 좋고, 누이 좋고 매부 좋고, 마당 쓸고 돈 줍는 격이로다. 자! 기생들은 게 없느냐? 장구라도 울려라!"

그러자 사방에서 드르륵 방문이 열렸다. 방에 따로 앉아 술 마시던 주객들이 웬 구경거리냐 싶었던 모양이다. 사방에서 목을 늘여 흥선이 앉아 있는 마루를 내다보기 시작했다. 그와 때를 맞추어서 안방인지 건넌방인지는 모르겠으나 덩더꿍 탁! 하며 장구 소리가 경쾌하게 울려 나왔다.

"노올~다가 가세 놀다가 가요, 둥근달이 떴다 지도록 노올~다가 가세.

문경~새재는 웬 고오~개요, 구비야 굽이굽이가 눈물이로~구나.

아리 아리랑, 스리 스리랑 아라리가~ 나았네."

구성지기도 하고 신나기도 한 노래였으나 한 나라의 왕손이 목청을 높이기에는 격이 안 맞는 노래였다. 그러나 흥선은 개의치 않았다. 그는 가끔씩 무릎을 타악! 치기도 하면서 눈을 지그시 감고 노래했다. 까짓것, 술과 안주가 공짜로 나온다는데 까짓 노래 한 곡조쯤 부르기로서니!

그때였다.

"그쯤 해서 멈추시오. 엉터리 노래 한 가락으로 어디 술값 두 냥이 가당키나 합니까? 주모에게 큰절이라도 올리면 또 모를까."

술시35가 되려면 아직도 멀었을까? 하지만 대문을 활짝

---

35 술시(戌時): 십이시(十二時) 중 열한째 시로서, 오후 일곱 시부터 아홉 시까지이다.

열어젖힌 술집 앞뜰은 제법 어둑해진 뒤였다. 그곳에는 서너 명의 젊은 군관들이 이미 한바탕 취한 모습으로 짝을 지어 서서 흥선의 노래를 듣고 있었다. 그중 하나는 힘깨나 쓰는 무반36인 듯했는데, 벗어젖힌 웃옷에서 언뜻 붉은 색채가 비치는 것으로 보아 금군별장37쯤이나 되어 보이는 작자가 흥선을 꾸짖었던 것이다.

"아무래도 그렇지. 나 전주 이가, 이하응이가 변두리 술집 주모 따위에게 큰절을 올릴 수야 있나?"

"뭐요? 그대가 소문난 흥선 대감이오?"

대감이란 호칭에 방 안에 있던 주객들은 물론, 앞뜰에 모여 있던 군관들 모두가 술렁이기 시작했다. 대감이란 정이품38 이상 되는 높은 벼슬아치를 높여 부르던 호칭이었다.

---

36 무반(武班): 고려와 조선시대, 양반 중 무관의 반열.
37 금군별장(禁軍別將): 조선시대, 용호영(龍虎營)의 금군을 지휘하는 주장(主將)을 이르던 말.
38 정이품(正二品): 고려와 조선시대, 18품계 가운데 셋째 등급.

"아하, 저이가 그 유명한 흥선 대감이로군."

"크크크, 직접 보니 하는 짓이 가관이네. 집안 말아먹게 생겼어."

"파락호가 별건가? 술에 곯으면 다 저리되는 게야. 이젠 북촌에서도 쫓겨났는가? 여기 남촌에까지 원정을 와서 공술을 먹으려 하네."

사방에서 이렇게 술렁거리자 흥선은 다시 한번 허리를 꼿꼿하게 펴서 앉더니 우렁찬 목소리로 말을 이어 갔다. 하지만 어느새 취기가 돌았는가. 그의 혀끝이 말려들어 가 발음이 조금씩 새기 시작했다.

"아닐세, 다시 생각해 보니 주모에게 큰절이라도 올려야 쓰겠노라. 날씨도 제법 선선한데 무전취식하다가 매까지 맞으면 골병들지, 아무렴. 그러니 주모는 냉큼 이리 와 앉아서 내 큰절을 받으라."

흥선은 주모에게 절을 하기 위해 일단 자리에서 일어서야 했다. 그가 일어서니 듣던 대로 키가 짜리몽땅했다. 어쩌느라 아직까지 도포도 벗어 걸지 않았는데 웬걸, 걸레처럼 낡은 도포 자락은 길이가 겨우 무릎에 닿을 정도로 짧았으니 누구라도 그 모습을 보고 웃음을 참기 어려웠다.

이를테면 걸레짝을 걸친 한 나라의 왕족이 서민들이나 들락거리는 술집에서 공짜로 술 몇 잔 얻어 마시려고 술집 아녀자에게 큰절을 올리겠다는 거였다. 누가 보더라도 기가 막힐 노릇이었다.

웃음을 참지 못한 주모가 한 손으로 입을 가린 채 마룻바닥에 주저앉고, 이제 막 흥선이 그녀에게 절을 올리기 위해 두 손을 앞으로 모으려 할 때였다. 앞뜰에서 예의 금군별장이 신을 신은 채 성큼 마루로 올라오더니 갑자기 손을 들어 흥선군의 뺨을 철퍼덕 내려치는 것이 아닌가.

"나도 그대와 같은 전주 이가요. 그대는 왕실의 종친일지 모르나 나 역시 계급 높은 군인이니 그대처럼 형편없는 종친을 더 이상 공경할 수 없소."

군관은 이렇게 후렴을 달며 먼지를 털듯이 손바닥을 털어 냈다. 이 말에 흥선은 노하여 크게 소리쳤다.

"일개 미천한 군관 따위가 감히 왕실 종친의 뺨을 때려? 네 이노옴! 네가 누구인지 밝혀라. 당장에 버릇을 고치리라."

"기억해 두시오. 나 이장렴이라는 사람이외다. 왕실 종친이라고 해서 시정 술집이나 드나들며 공술이나 얻어 마시니 오히려 내가 그대를 훈계한 것뿐이오. 혹시 그대가 개과천선하여 왕실의 품위를 바로잡게 된다면 그때 나를 잡아

죽이시오. 오늘은 내 이 정도로 그치지만 앞으로 어찌하나
두고 보리다."

어찌나 따귀를 세게 맞았던지 그 바람에 갓이 벗어져 마
룻바닥에 나뒹굴었다. 양태39가 찌그러지고 갓모자가 떨어
져 덜렁거리는 갓을 주워들었으나 흥선은 아직도 분이 풀
리지 않았다. 그는 찌그러진 갓을 펴려 애썼지만 한번 찌그
러진 갓은 어지간히도 펴기 힘들었다. 하긴 펴 봤자 소용없
을 만큼 낡은 갓이기도 했다.

"오늘은 네 체면을 봐서 참겠다만, 너는 향후 몸조심하라."

흥선이 기어드는 목소리로 이렇게 남은 분풀이를 하며
갓을 고쳐 쓸 즈음, 열린 방문 뒤에 숨어 있던 주모가 간드
러지게 웃으며 이내 한마디를 거들었다.

"오호호, 술은 아깝지만 구경 한 번 재미났소."

주모는 옥색 치맛단을 틀어쥐고 좀 전까지 흥선이 먹고
마시던 술상을 낚아채고는 종종걸음으로 마루를 건너갔다.
안방에서는 아직도 흥겹다는 듯이 '딩가딩, 딩딩' 하며 장구
치는 소리가 들려왔다.

---

39 양태: 갓모자의 밑 둘레 밖으로 둥글넓적하게 된 부분.

"시끄럽다. 이 난장판에 풍악을 울리려는 것인가? 경망스럽군."

흥선은 장구 소리가 나는 쪽 방 안에 모인 사람들에게 눈을 째리며 말했다.

"꼴에 대감이라고, 닭이 횃대에 올라앉기도 전에 기방 출입하기로 소문났더이다. 더구나 허구한 날 외상 술값은 뭔 말이요?"

"어허! 참새 따위가 봉황의 마음을 어찌 알까? 어찌 그리들 몹쓸 소리를 하는가? 명심하여라. 언젠가는 땅을 치리라."

"명심 따위는 안 해도 좋소이다. 술값이나 떼먹을 생각 마오."

"어허! 그깟 술값, 장부에 달아 두게나."

앞뜰이 소란스러웠던지 어디선가 별감40 한 명이 별안간 나타나 고개를 기웃거리다가 분위기가 이미 파장이었으므

---

40 별감(別監): 조선시대, 궁중에서 왕명의 전달, 임금이 쓰는 붓과 벼루의 공급, 궁궐 열쇠의 보관, 궁궐 정원의 설비 등에 관한 일을 맡아보는 액정서(掖庭署)에 딸려있던 관직.

로 으흠! 헛기침을 한바탕해대고는 대문을 등지고 휘적휘적 멀어져 갔다.

노랗게 염색한 갓에 붉은 도포로 위용을 뽐내는 별감은 적어도 기촌에서만큼은 무소불위의 힘을 지니고 있었다. 원래 왕비전에 소속되어 있으면서 왕명을 다루는 직책이기 때문에 포청 관리들보다 한결 막강한 힘을 지니기도 했지만, 그 권세를 빌려 기방을 기웃대며 기생 어미와 공생의 관계를 유지하는 자가 많다는 것을 백성들 모두가 알고 있는 터였다. 원님 덕에 나발 분다고 왕비전에 드나든다는 것만으로도 별감의 위세는 쩌르르 했던 것이다.

"이건 미치광이 흥선군 아닌가. 하마터면 똥 밟을 뻔했군."

그러나 흥선은, 제풀에 들어왔다가 제풀에 걸어 나가며 이렇게 중얼거리던 별감의 목소리를 듣지 못했다. 하지만 술김에 보아도 뒷모습으로 별감을 가려내기란 어렵지 않은 일이었다. 별감이 누구던가. 이리저리 줄을 당기다 보면 왕비와 줄이 닿는 직책 아니던가.

'마침 잘 되었어. 내일이면 내 푼수 짓이 대궐에까지 파다하게 퍼지겠구먼.'

흥선은 슬며시 미소를 지으며 술집 대문을 나섰다. 무슨 대단한 구경거리라도 생겼던 양으로 술집 대문 앞에는 아직도 십여 명의 구경꾼들이 앞마당을 기웃거리던 중이었다.

그때 구경꾼들을 헤치고 예의 그 사내가 달려 나오며 말했다. 좀 전까지 정화수를 떠 놓고 옥황상제에게 빌던 사내였다.

"대감, 미처 몰라뵈었습니다. 아까는 정말 죄송했습니다요."

"또 어쩐 일이오?"

"준치는 썩어도 준치 아닙니까요. 아무리 몰락한 가문이라 해도 대감께선 왕족이시니 혹시 제 소원쯤이야 들어줄 수도 있을 것 아닙니까?"

"혹시? 혹시 소원을 들어주다니. 그건 또 무슨 해괴한 말이오?"

"혹시…… 그러니까 만에 하나라도 장차 높이 되시면 원통하게 죽은 내 딸의 원한을 갚아 달라고 부탁드리는 게지요."

흥선은 이 말을 듣자마자 귀밑머리가 쭈뼛해졌다. 장차 높이 되다니…… 이 많은 시정잡배 앞에서 그 말을 듣고 허허! 웃어넘길 수는 없는 일이었다.

"이 사람아, 김가네 찾아다니면 공술이 생긴다고 해서 내이리저리 기웃거리는 중이라네. 카~아! 그런데, 그 맛있는 공술을 내주는 집에 내 어찌 해코지를 할 수 있을까? 혹시 자네가 김가네보다 공짜 술을 더 자주 내준다면 모를까. 크하하!"

이 말을 듣자 가뜩이나 창백하던 그 사내의 얼굴빛은 아예 사색이 되어 버렸다. 그러면 그렇지. 듣던 대로 흥선군은 천하의 병신이었다. 배 속으로부터 병신으로 태어난 작자가 아니고는 어찌 이럴 수 있을까.

"에이, 퉤! 퉤! 꼬라지가 저러니 봉군 된 지체로서 아녀자 가랑이 밑으로나 기어 다니지."

그 사내는 머리를 절레절레 흔들었다. 그래도 왕손이라기에 지푸라기라도 잡는 심정으로 부탁을 해 보았지만 차라리 돌부처에게나 비는 편이 나을 성싶었을 뿐이다. 십여 명이나 되던 구경꾼들도 저마다 수군대며 발길을 돌렸다. 그럼 그렇지. 천하의 병신이로고!

"이봐라, 술만 준다면야 아녀자 가랑이 밑을 기어 다닌들 어떠냐? 세상 부귀가 네놈 턱 밑 수염처럼 절로 자라는 줄 아느냐? 어험!"

흥선은 이렇게 말하며 구경꾼들을 앞서서 휘적휘적 걸어

나갔다. 뒤에서 볼수록 다섯 자 남짓한 키에 짧은 도포가 우습기 짝이 없었다. 게다가 팔은 왜 그리도 기다란지, 손에 든 장죽이 땅에 닿을 것만 같았다.

하지만 눈을 질끈 감은 채 걸어가는 흥선은 속으로 피눈물을 흘리고 있었다. 그는 불과 며칠 전에 기촌으로 유명한 다방골 어느 기방 마루에서 '추선'이라 불리는 어린 기녀의 홑치마를 들치고 그녀의 가랑이 밑을 기어나간 적이 있었다. 그날 마침 대문이 열려 있었던 탓에 길을 지나던 여러 사람이 그 해괴한 모습을 목격하게 되었는데, 벌써 이곳까지 소문이 퍼진 모양이었다.

이틀 전에는 '초월'이라 불리는 또 다른 기녀의 가랑이 밑을 기어가려 하다가 오히려 발로 차이기도 했다. 감히 아녀자가, 그것도 천한 계급의 기녀가 지체 높은 왕손을 발로 걷어차다니. 웬만하면 끌려가 물고를 당했을 테지만 상대가 천하의 병신 흥선군이니 그저 웃음거리로 소문만 자자할 뿐이었다.

'아! 망해 가는 종실을 부흥시키기가 이리도 어렵단 말인가. 비렁뱅이 망나니짓을 일삼은 지 어언 십여 년이 되어 가는구나.'

흥선은 마흔두 살이었다. 15년 전인 스물일곱 살 때 이미 '북경 동지사41' 벼슬을 얻은 뒤 왕궁 내직인 '전의'42의 감독을 보았고, '전설사'43, '조지소'44 등의 책임을 맡아 보는 '제조' 직책을 역임하기도 했다. 그의 나이 서른두 살에 이르러서는 '유사당상45'을 거쳐 '오위도총부46 도총관47'이 되었으니 궁중을 지키고 임금을 호위하던 '금위군'48의 총수로 젊어서부터 입신출세했다. 그러던 그가 이제는 김씨 세력에 눌려 술주정뱅이요, 천하의 병신노릇을 하지 않고는 언제 어디서 목이 달아날지 모르는 신세가 되어 버린 것이다.

---

41 동지사(同知事): 조선시대, 종이품 관직.

42 전의(典醫): 조선 말기, 궁내부의 태의원에 속하여 왕실의 의무를 맡아보던 의관.

43 전설사(典設司): 조선시대, 병조에 속하여 장막을 치는 따위의 일을 맡아보던 관아.

44 조지소(造紙所): 조선시대, 종이 뜨는 일을 맡아보던 관아.

45 유사당상(有司堂上): 조선시대, 종친부, 충훈부, 비변사, 기로소 등의 사무 책임을 맡은 당상을 이르던 말.

46 오위도총부(五衛都摠府): 조선시대, 중앙군인 오위를 지휘하고 감독하던 최고 군령기관.

47 도총관(都摠管): 조선시대, 오위도총부에서 군무를 총괄하던 최고 군직.

48 금위군(禁衛軍): 예전에 궁궐을 지키고 임금을 호위하며 경비하는 군대를 이르던 말.

안동 김씨의 세도는 서슬이 퍼레서 남자를 여자로 만드는 일 외에는 못 할 일이 없을 정도라고 소문이 나 있었다. 모든 법도가 안동 김씨 일파에 의해 좌우되다 보니 매관매직이 공공연했다. 수령들은 벼슬을 돈 주고 샀으니 본전을 찾아야 했다. 따라서 백성들을 착취하고 아전들과 합세하여 백성들의 고혈을 짜내었다.

인간이 인간을 쥐어짜니 한쪽에선 인간 평등과 존중의 길을 제시하는 '동학'49이 생겨났다. 불과 2년 전인 철종 11년 (1860년)에 처음 생겨난 동학은 어느새 영호남 지방을 중심으로 들불처럼 번져 나갔다. 서양에서 전래되었다 하여 서교로 불리던 천주교 역시 들불처럼 번지다가 국법을 어기는 사교로 인정되어 금지당한 지 얼마 지나지도 않은 시점이었다. 양반들이 정해 놓은 신분 차별과 적서 차별50에 신물을 느낀 백성들이 신분 평등을 주장하는 동학에 매료되는 것은 어쩌면 자명한 이치였을 것이다.

---

49 동학(東學): 조선 말기, 1860년에 최제우가 제세구민의 뜻을 가지고 창건한 민족 종교.
50 적서 차별(嫡庶差別): 적자와 서자 사이에 차등을 두어 구별함.

주변 나라들의 정세도 혼탁하기 그지없었다. 만주족 황실인 청나라 조정과 기독교 사상에 젖은 종교 국가였던 '태평천국'과의 전쟁인 '태평천국의 난'이 일어나 중국 청나라가 혼란에 빠졌고, 일본은 서구 열강과 화친을 맺어 일찌감치 근대화에 앞장섰다. 베트남이나 캄보디아는 어느새 열강의 식민지가 되어 버렸고, 영국, 프랑스는 새로운 식민지를 찾기 위해 슬슬 조선을 넘보던 시절이었다.

그 와중에 흥선은 천하의 병신노릇으로 세월을 보내고 있었으니, 속이 타들어 갈 지경이었다. 그러나 아직은 일렀다. 함부로 나서다간 경평군이나 도정 이하전처럼 사약 맛을 보게 될 것이 뻔했다.

흥선이 이러한 고초를 감내하기에는 그나마 둘째 아들 '명복'이 똑똑하게 자라 주고 있기 때문이었다. 이제 열 살을 갓 넘긴 '명복(命福)'의 본명은 '이재황(李載晃)'으로 이하응과 부인 여흥 민씨 사이에서 태어난 아들이었다. 맏아들 '재면'이 당시 열일곱 살이었으나 인품이나 재질이 동생에 미치지 못했기 때문에 이하응으로부터 사랑받지 못하고 있었다.

똑똑한 아들 명복의 찬란한 미래를 위해서라도 아직 본

색을 드러낼 수는 없었다. 비렁뱅이로 여겨지면 어떠랴. 파락호인들 어쩔 것이냐. 장차 명복을 등에 업고 이 세상을 거머쥐게 되는 날엔 내 당당히 가슴을 펴고 소리칠 날이 있으리라.

질끈 감은 눈가로 눈물이 번지는 통에 이제는 눈을 떠도 제대로 앞을 가늠할 수 없었다.

"어이쿠, 이게 무엇인데 이리 미끈거리느냐?"

짧은 다리를 벌리며 호기 있게 걸어가던 흥선의 앞길에는 개똥이 서너 무더기나 퍼질러져 있었다. 앞을 제대로 가늠하지 못하던 흥선이 지르밟은 것은 방금 싸 놓은 개똥이었다.

"어허! 냄새 한 번 고약하다. 하지만 이 얼마나 태평성대냐. 이 풍진 세상, 개들도 잘 얻어먹어서 사방이 개똥이로구나!"

낡은 가죽신에 개똥을 잔뜩 묻힌 채로 흥선은 이리 비척, 저리 비척 걸어가고 있었다. 그가 찾아가야 할 곳은 많았지만 오라는 데는 한 군데도 없었다.

2. 말조심하여라. 새가 듣고 쥐가 들을라

무릇 선비가 뜻을 이루려면 한가로운 초야에 묻히거나 물 흐르는 산골 계곡을 찾아 스스로 배우고, 가르치면서 덕을 쌓고 마음을 닦는 곳이 '서원'이라고, 중종 때의 문신 퇴계 이황 선생은 논한 바 있다. 그 '서원론'에 의거하여 선비들에게 도를 수강하는 서원이 전국 각지에 들어서게 되었는데, 세월이 흐르면서 변질하여 서원을 빙자한 횡포가 자행되더니 점차 그 폐해가 거세지고 있었다.

마침 흥선은 열 살짜리 둘째 아들 명복과 함께 청주에 들를 일이 있었는데, 그 먼 곳까지 나들이한 김에 화양구곡을 유람하고 '화양서원'[1]을 둘러본 후, 그 유명한 '만동묘'[2]까지가 볼 참이었다. 그러나 알게 모르게 큰 뜻을 주입시키고

---

1 화양서원(華陽書院): 노론(老論)의 영수 송시열을 제향한 서원으로 당시 서원 중에서도 가장 유력하였으며 횡포가 가장 심해 제멋대로 발행하는 화양묵패(華陽墨牌) 때문에 폐해가 컸다. 충청북도 괴산군 청천면 화양리 있다.
2 만동묘(萬東廟): 임진왜란 때 조선을 도와준 보답으로 명나라 신종을 제사 지내기 위해 지은 사당. 충북 괴산군 청천면 화양리에 있다.

있는 명복이와 함께 유람하기엔 그리 썩 내키지만은 않는
곳이었다.

지난봄에 이곳 화양서원의 유생들이 서원을 수리, 개축
한다는 명목으로 이름난 협잡배들과 힘을 합쳐 재물을 거
둬들이며 물의를 일으킨 사건이 있었기 때문이다. 아직 철
부지인 아들에게 이렇게 나라의 썩어 문드러진 치부부터
보여주기란 매우 거북한 일이었다.

특히 소수서원, 도산서원, 필암서원, 병산서원, 남계서원
등등 전국 44개소에 이르는 서원 중에서도 이곳 화양서원
의 횡포가 가장 심했다. 여기서는 제 마음대로 '화양묵패'라
는 것을 발행하여 서민들을 착취했다. 묵패란, '서원에 제사
지낼 돈이 필요하니 언제까지 얼마를 바쳐라'는 일종의 고
지서였다.

화양서원으로부터 이 묵패를 받은 백성들은 논밭을 팔아
서라도 그곳에 돈을 가져다 바쳐야만 했다. 만약에 응하지
않으면 쥐도 새도 모르게 서원으로 끌려가 모질게 매를 맞
거나 공갈, 협박에 시달리곤 했다.

따라서 흥선은 화양서원을 슬쩍 둘러보는 정도로 지나치
고, 명나라 의종과 신종의 넋을 모시고 제사 지내는 만동묘

에서나 더위를 식혀 가기로 했다. 만동묘로 들어서는 문에는 '양추문'이란 현판이 걸려 있었는데, '가을 햇살처럼 풍요로운 명나라 황제의 은혜를 기리자'는 뜻이 내포되어 있었다.

양추문을 들어서려면 그 계단부터가 좁고 가팔랐다. 누구든지 허리를 바짝 낮추고 조심스럽게 올라야만 했는데, 똑바로 서서 올라가기가 어려운 까닭에 옆으로 게걸음을 걷는 편이 훨씬 편했다. 어쨌든 그곳을 지키는 만동묘의 수복3은 '명나라 황제를 알현하러 가는 길이니 감히 똑바로 걸을 생각일랑 말고 몸을 바짝 숙여 옆으로 기어라' 하며 위세를 떨곤 했다.

그렇게 몸을 숙여 양추문을 넘어서면 만동묘로 들어서는 중문인 '성공문'이 나오고, 또 한 번 좁은 계단을 거슬러 올라가야 그 뒤로 만동묘가 드러나는 것이었다.

여름철이라 날씨는 무더웠다. 그나마 만동묘 주위로 활엽수들이 무성하게 잎사귀를 펼치고 있어서 따갑게 내리쬐는 햇볕을 잠시나마 피할 수 있을 뿐이었다. 흥선이 무심한

---

3 수복(守僕): 제사를 지내는 관리.

듯 부채질을 하면서도 얼굴 가득 땀을 흘리자 똑똑한 아들 명복이 조심스럽게 한마디를 건넸다.

"아바마마, 어디가 미령하시옵니까?"

이런, 큰일 날 소리!
'아바마마'라 함은 궁궐에서 쓰는 용어 아니던가. '미령하다'는 말도 임금에게나 쓰는 말로써 어디 불편하지는 않으냐는 뜻이었다. 흥선은 얼른 주변부터 둘러보았다. 다행히 주위엔 땡볕만 내리쬘 뿐, 폭염 속에 지나는 이라곤 아무도 없었다.

"얘야, 명복아. 앞으로 그런 말은 절대 집 밖에서 쓰면 안 되느니라. 행여 남이 듣게 되면 목숨을 잃는 수가 있어. 알겠느냐?"

"네, 아버님. 하오면 어째서 날마다 그런 말을 외우라고 하시나요?"

"어허! 그건 말이다."

흥선은 고의춤에 접어서 넣어 둔 모시 수건을 꺼내어 땀을 닦으며 대답했다. 모름지기 더위로 인해 흘린 땀만은 아니었다.

"명복아, 다시 한번 이르지만, 그런 말은 너와 나, 단둘이 있을 때만 써야 하는 것이야. 그 이유는 묻지 말거라. 알아듣겠느냐?"

"네, 아버님."

흥선은 걱정스럽기도 했지만 한편으로는 명석하기 그지없는 명복이가 뿌듯하기만 했다.

우리 가족 외에 그나마 살아남은 정통파 왕손이 또 누가 있을까? 그러나 나는 이미 늙었으니 기회를 놓친 듯싶고…… 지금 나와 함께 걷고 있는 아들, 명복이마저 없었다면 우리 이씨 왕손에 더 이상 무슨 희망이 남아 있으랴?

"그래, 주위에 너와 나 말고는 아무도 없으니 복습이나 한 번 해 보자꾸나. 명복아, 임금님의 몸을 무엇이라고 하느냐?"

흥선은 주위를 다시 한번 둘러본 뒤에 나직한 목소리로 이렇게 물었다.

"옥체라고 합니다. 보체라고도 하고요."

"옳구나. 그럼 임금님의 얼굴은?"

"용안이라고 하지요."

"역시 옳다. 그럼 이번엔 좀 더 어려운 문제를 내야겠다. 그렇다면 액상은 어디를 이르는 말인고?"

"임금님의 이마지요."

"안정은?"

"임금님의 눈을 일컫는 말입니다."

"옳구나. 그러면 임금께서 흘리시는 땀은?"

"한우라고 하지요."

"눈물은?"

"용루요."

"콧물은?"

"비수라고 해요. 그런데 아버님. 어째서 날마다 그런 말을 배워야 하는지 궁금해요. 그냥 아버님께 여쭙듯이 '주무십니까?' 하면 되는 것을 어째서 '침수 드셨습니까?'라고 하냔 말예요?"

"그게 그러니까…… 만일을 위해서니라."

흥선은 이렇게 얼버무리며 명복의 입을 막았다. 하긴 명복과 함께 있을 때면 그는 언제나 궁궐에서의 예절이나 법도에 따른 말을 은근하게 사용하곤 했다. 어째서? 명복에게 대답한 것처럼 '만일을 위해서'였다.

흥선은 마치 아들 명복이 왕이라도 된 양, 그리하여 왕을 모시고 명나라 황제를 만나러 가는 양 만동묘 양추문으로 향하는 좁은 계단을 오르는 중이었다. 허리를 잔뜩 굽히고 게걸음으로 걸으면 제법 오르기가 편하련만, 그는 상체를 꼿꼿이 펴고 한 손으로는 점잖게 부채질을 하며 계단을 올랐다. 만에 하나, 지금 자기가 모시고 가는 명복은 장차 이 나라의 왕이 될 수도 있는 귀한 존재이기 때문이었다.

　"이런, 네 이놈아!"

　그때였다. 멀찌감치 이들의 모습을 지켜보고 있던 만동묘의 수복이 달음질로 쫓아 나오더니 다짜고짜 흥선의 가슴패기를 발로 걷어차는 것이 아닌가.

　"아이쿠, 이놈, 이게 무슨 짓이냐?"

　흥선은 가파른 계단에서 데구루루 굴러떨어질 수밖에 없었다. 마흔 살을 넘긴 나이다 보니 몸놀림이 둔할 만도 했다. 넘어지는 순간에 팔을 잘못 짚어 관절이 삐끗하더니 계단 서너 칸을 내리구르면서 무릎과 발목이 시큰거렸다. 어린 시절 개구쟁이처럼 뛰어놀면서도 가슴패기를 걷어차이거나 계단 아래로 구른 적은 없었다. 하물며 이 나라의 왕손이 한갓 묘지기에게 이런 수모를 당하다니.

"이놈아, 여기가 어디라고 건방지게 합죽선을 펴들고 부채질을 해 가면서 계단을 올라오는 거냐?"

"아이쿠, 이놈. 사람을 발로 차는 법이 어디 있는고?"

"이 만동묘가 어떤 곳인 줄 아느냐? 명나라 황제님을 모신 곳이다. 옆으로 기어야 마땅하거늘 감히 황제 폐하 전에 부채를 꺼떡거리면서 올라가?"

수복은 이렇게 호통을 치더니 뒤따라 몰려온 유생들을 시켜 뒤뜰 구석진 곳으로 흥선을 끌어내렸다.

"이놈아, 회초리나 맞고 버릇 좀 고쳐라!"

하더니 손에 들고 있던 곰방대로 철썩! 하고 흥선의 등짝을 내리치는 것이었다. 이를 신호로 하여 서원 유생들이 저마다 발길질을 하거나 혹은 주먹질을 하며 흥선을 다루기 시작했다. 그 옆에는 어린 명복이 겁에 질려 벌벌 떨고 있었지만 유생들은 아랑곳도 하지 않았다.

"아이쿠, 이놈들아. 내가 누군 줄 아느냐? 내가 바로 흥선군이란 말이다. 흥선군 이하응이라고!"

흥선은 다급한 김에 제 신분을 스스로 밝혔다. 사방에서 이어지는 발길질과 주먹질도 참기 어려웠으나, 어린 명복이 옆에서 지켜보는 중에 매를 맞는다는 것이 더욱 참기 어려웠던 것이다.

준치는 썩어도 고급 생선의 태를 낸다지 않던가. 어찌 되었건 흥선은 봉군된 지체요, 대감이라 불리는 입장이었다. 신분을 밝혔으니 의당히 주먹질이나 발길질은 멈추어야만 했다. 그러나 만동묘 수복을 위시한 유생들의 태도는 방자하기 짝이 없었다.

"오라, 그대가 천치라 소문난 흥선군이구료. 하지만 대감도 대감 나름이지, 떫은 땡감보다도 못한 주제에 이놈, 저놈 소리는 잘하십니다 그려. 얘들아, 다시는 거들먹거리지 못하도록 본때를 보여 주자."

어린 아들 명복이 보는 앞에서 흥선은 그렇게 몰매를 맞았다. 흥선군이라는 칭호는 오히려 방자한 유생들로 하여금 실소만 자아내게 만들었다. 때리고 맞고, 차고 구르고…… 가뜩이나 낡은 갓이 매를 맞는 동안 땅바닥을 나뒹굴더니 어느 유생의 발에 밟혔는지 납작하게 찌그러진 후에야 매질은 멈췄다.

"아버지! 어떡해요, 아버지!"

아직도 겁에 질려 있는 명복이 울음을 터뜨리려 했기 때문에 흥선은 더 이상 아픈 내색도 할 수 없었다. 그제야 주위를 둘러보니 망건⁴마저도 삐뚜름하게 돌아간 채로 머리 위에서 덜렁거렸다. 그나마 달아 놓았던 싸구려 송진 관자⁵는 언제 어디에서 떨어졌는지 흔적만이 남아 있을 뿐이었다.

"괜찮다. 어서 집으로 가자."

흥선은 땅바닥에 납작 찌그러져 있는 갓을 주워들었다. 한 번 찌그러진 갓은 아무리 애를 써 봐도 제 모습으로 되돌아오질 않았다. 그런 갓을 억지로 구겨 쓴 모습은 가관이었다. 가뜩이나 낡고 짜리몽땅한 도포 자락을 들어 올려 얼굴에 번진 땀을 쓱 닦아내니 벌겋게 먼지가 함께 묻어났다.

---

4 망건(網巾): 상투를 튼 사람이 머리카락이 흘러내려오지 않도록 머리에 두르는 그물 모양의 물건.
5 관자(貫子): 조선시대, 망건의 당줄에 꿰는 작은 고리.

"서원이 문제로다. 저렇게 무위도식하는 유생들이 대놓고 범죄나 저지르고 있구나. 세상 모든 것이 자기들 마음대로야."

홍선은 화를 참을 수 없었으나 더 이상 뾰족한 수도 없었다. 엄청난 봉변을 당하여 사지가 욱신거렸어도 그는 오로지 아들만을 앞세운 채 묵묵히 집을 향해 걸어갈 뿐이었다. 봉군된 지체로서 발에 흙을 묻혀서는 안 되었다. 정일품 현록대부6였으므로 평교자7를 타고 앞뒤로 하인들을 거느려야 마땅했다. 그러나 지금은 구종, 별배는 고사하고 뒤를 따르는 하인도 없었다. 무엇보다도 어린 명복이야말로 평교자나 교가에 태워 정중히 모셔야 마땅할 테지만, 그 역시 갈증을 참으며 터벅터벅 걸어야만 했다. 하지만 어쩌랴. 참자. 지금은 모든 서러움을 참아야 할 처지였다.

---

6 현록대부(顯祿大夫): 조선시대에 둔, 정일품 종친(宗親)의 품계.
7 평교자(平轎子): 조선시대, 종일품 이상의 벼슬아치와 기로소의 당상관이 타던 가마.

흥선과 명복은 쇠라도 녹일 것 같은 땡볕 아래를 무려 이틀 동안이나 절룩거리며 걸어서야 집에 도착할 수 있었다.

흥선은 집으로 들어서자마자 편지 한 장을 써서 하인에게 전해 주며 말했다.

"너는 지금 당장 성균관8으로 달려가라. 그리로 가서 으뜸 관리 '장의'9에게 이 서한을 전해라."

흥선은 자기가 당한 수모를 성균관 장의에게 우선 전하고자 했다. 성균관 유생들은 당시의 학문과 정치 현실에 매우 민감했기 때문에 여러 사안에 대해 집단 상소를 올렸으며, 그 요구가 받아들여지지 않으면 수업을 거부하는 등으로 위상을 드높이곤 했었다. 흥선은 바로 그 점을 노렸던 것이다. 감히 묘지기 따위가 정일품 현록대부의 가슴패기를 걷어차다니. 그러나 성균관 장의로부터 온 회답은 예상과는 전혀 딴판이었다.

---

8 성균관(成均館): 조선시대, 인재양성을 위하여 한양에 설치한 최고의 유학 교육 기관.

9 장의(掌議): 조선시대, 성균관, 향교의 재임 가운데 으뜸 자리를 이르던 말.

'화양서원 수복의 행위에 다소 무리가 있긴 합니다만, 그래도 사리에 들어맞는 일이라 그 죄를 따져 묻기 어렵습니다.'

이 답장을 받아 든 흥선은 원통함에 부르르 치를 떨었다.

"그래, 이 서한을 네게 전해 주면서 뭐라 딴말은 없었더냐?"

"죄송하오나 장의께서는…… 감히 거룩한 양반이 개망나니 짓을 하고 다니니, 서원 유생들이 어른한테 손찌검을 조금 한 모양이구나. 그러니, 길거리에서 매 맞은 게 억울하거든 처신 좀 똑똑히 하라고 대감께 일러라…… 이렇게 말했습니다요."

"그래? 이런 쳐 죽일 놈들."

흥선은 울화가 치미는 가슴을 진정시키며 지그시 눈을 감았다.

사내대장부에게 야망이란 무엇일까? 야망이 없다면 개나 소와 다름없는 것. 하지만 아직 때가 이르지 않았으니 때를 기다릴 줄 아는 것이 더욱 현명한 일일 것이다. 주나라 초기의 공신이던 강태공이 공연히 곧은 낚시질을 했을까?

'아니야. 오히려 잘된 일인지도 몰라. 사방에서 나를 감시하는 눈이 그 얼마나 많을까? 더구나 똑똑하다고 평을 받는 둘째 아들과 함께 나들이를 했으니, 김가네 족속들은 내가 무슨 꿍꿍이라도 꾸미는 줄 알았을 게야. 그런데 팔푼이처럼 길거리에서 싸움질이나 하다가 유생들에게 몰매를 맞았다? 허! 천만다행이로구나. 상감은 이씨지만 천하는 김가네 일파가 쥐고 있으니, 상감과 종친인 나는 그들에게 팔푼이로 인정받을수록 좋지. 아무렴.'

흥선은 이렇게 생각하며 고개를 주억거렸다. 아! 그러나 마음은 여전히 답답했으므로 무언가 강한 자극이 필요했다.
"아무렴, 이럴 때 술 마시는 일 외에 또 무슨 낙이 있겠느냐?"
그는 주섬주섬 의관을 가다듬고 밖으로 나섰다. 의관을 챙겼다고 해 봐야 찌그러진 갓에 참대를 깎아 속으로 덧대어 겨우 형태를 재건해 놓은 정도였다. 마침 오늘은 '천하장안'10 네 명의 수족들을 모두 만나기로 한 날이니 어찌

---

10 천하장안: 흥선 대원군의 시중을 들던 사람들로 천희영, 하정일, 장순규, 안필주 등 네 명의 성을 따서 천하장안으로 불리게 되었다. 이들은 흥선 대원군의 개인 경호부터 정보를 수집하는 일까지 도맡아 했다.

되었든 늘어지게 술을 마실 참이었는데, 그 와중에 세도가 김좌근의 애첩인 '나합'이 한강에서 뱃놀이를 한다니 그 또한 듣던 중 반가운 소리였다. 나합의 뱃놀이에는 언제나 술과 고기가 넘친다는 소문이 자자했기 때문이다.

안동 김씨 세도 정치의 한가운데에서 권력의 발판을 닦은 자가 바로 김좌근이었다. 그는 순조 비 '순원 왕후'의 남동생으로서 이미 영의정을 지낸 바 있는 거물이었다. 그뿐인가? 자식으로까지 위세를 이어 내려가서 지금 그의 아들은 훈련대장을 맡고 있는 교동 대감 김병기였다.

그런 김좌근에게 나합이라는 나주 기생 출신 애첩이 있었던 것이다. 나합은 나주 양씨인데 천하를 주무르는 김좌근의 권세를 빙자해서 '나주 양씨 합하11', 줄여서 '나주 합하', 다시 한 번 더 줄여서 '나합'이라 했던 것이다. '합하'는 원래 정일품 벼슬아치를 부르는 존칭이었으니 기생 출신 나주 양씨의 위세가 가히 정일품을 능가하는 모양이었다.

---

11 합하(閤下): 예전에, 정일품 벼슬아치를 높여 부르던 말.

'호판 대감 댁 말은 이제 물려서 약과도 안 먹는다.'는 소문이 돌던 무렵이었다. 호판 대감 댁이란 김좌근의 집을 일컫는 말이었다. 지난겨울엔 풍년이 들었음에도 불구하고 오히려 헐벗고 굶주리는 백성들의 수가 늘어났는데, 호판 대감 댁에서 연회가 있는 날엔 고기와 떡과 술이 지천이었다. 밤이나 대추, 은행, 약과가 바닥에 나뒹굴 정도였고, 서민들은 구경하기도 힘든 약식이나 약과가 썩어나서 가축이 먹어도 말리는 사람이 없었던 것이다.

"천하장안은 다 모였느냐?"

허름하게나마 의관을 챙겨 입은 흥선은 밖으로 나서자마자 천하장안을 찾았다. '천희연', '하정일', '장순규', '안필주' 이렇게 네 명의 허우대 좋은 사내들이었다. 그들 네 명의 성씨를 따서 천하장안이라 불렸던 것인데, 이른바 그 네 명의 건달들은 흥선을 보자마자 득달같이 달려와 그 앞에 무릎을 꿇었다.

"네, 분부대로 모두 대령했습니다. 대감마님."

오늘은 또 무슨 희극을 벌여야 하나. 항상 넷이 모이기만 하면 주먹질을 벌이던지, 사기를 치던지, 도둑질을 하던지 무슨 사달이라도 벌이곤 했으므로 그들은 공연히 들떠 있는 모습이었다. 겉으로 보기엔 주먹도 잘 쓰고 술도 잘 마시는 건달임이 분명했으나 사실 그들은 흥선의 정보원이요, 경호원과도 같았다. 특히 천희연은 당시 대궐 안에서 오랫동안 신임을 받고 있던 천상궁의 형제로서 흥선이 주도면밀하게 첩자로 부리는 대표적 인물이었다.

어쨌거나 그들 네 명은 흥선을 대감으로 깍듯이 모시면서도 함께 비렁뱅이 노릇을 하는가 하면, 함께 취해서 거들먹거리고, 함께 망나니 노릇도 하는 야릇한 관계를 이어 오고 있었다. 그들은 적어도 흥선의 속셈을 진즉부터 알아차리고 있었다. 매관매직이 성행한다고 하지만 돈이 없어 관직도 사지 못하고, 특별한 연줄이 없어서 호가호위도 할 수 없는 상민들이라 그나마 왕손과 어울리는 것만으로도 감지덕지했던 것이다.

"내가 오늘은 노들강12에 떠 는 배 위에서 여차하면 맞아 죽을 수도 있으니, 너희들은 수단껏 나를 보필해야 할 것이다."

"노들강 배 위에서 매를 맞으시다니요?"

---

12 노들강: 노량진 앞의 한강이 범람할 때마다 생기던 강.

"매 맞아 죽을 수도 있다니까 그러는구나."

"마님, 저희가 알아듣게 자세히 좀 말씀해 주십시오. 그래야 보필을 하든, 호위를 하든, 저희 넷이 알아서 할 것 아니겠습니까?"

"오늘이 무슨 날이냐? 칠월 백중13날 아니더냐? 비록 오뉴월 더위에는 못 미친다만 그래도 땀이 줄줄 흐르는 절기를 맞아서 나합이 노들강에서 뱃놀이를 한다는구나. 내 거기에 찾아가서 술도 얻어먹고, 나주 합하에게 졸라 댈 일이 하나 있다."

"기생 출신 아녀자에게 마님께서 무슨 부탁을 하시렵니까?"

"크크크, 내 두 명의 아들 녀석을 과거에 등과하게 해 달라고 싹싹 빌어야지."

"대감마님, 꼭 그렇게 하셔야만 합니까요? 왕실의 금지옥엽과도 같은 분들을 기껏 천한 소실 따위에게 등과 청탁을 하시겠다는 말씀입니까?"

"소실이면 어떻고, 아녀자면 어떠냐? 지체 높기가 정일

---

13 백중(百中): 음력 칠월 보름.

품과 같은데 엎드려 빌다 보면 어디 말단 관직 자리라도 하나 구해 주지 못할까?"

"아이고, 대감마님!"

천하장안, 흥선의 수족과도 같은 네 명의 첩자들도 흥선의 이 말에는 고개를 갸웃거리기 시작했다.

'그렇게 약주를 마시더니 혹시 술 중독자가 되어 버린 것은 아닐까?'

이런 생각이 들기도 했지만 어찌 되었든 천하장안, 네 명의 건달들은 앞서거니 뒤서거니 하며 흥선을 수행하기 시작했다. 아직까지 그들은 흥선을 찰떡처럼 믿고 있었다. 흥선과 '이호준', 그리고 '조성하'와 대왕대비 조씨와의 관계에서 무언가 세상을 떠들썩하게 할 밀회가 있음을 그들은 믿고 있었다는 말이다.

조 대비는 왕실에서 가장 위에 있는 어른이었다. 물론 상감이라는 지존이 있지만 만약 상감에게 변고라도 생기면 왕실의 가장 높은 어른으로서 새로운 왕을 옹립하는 데에 큰 힘을 발휘할 신분이었다.

이미 삼대에 걸쳐 근 60년 동안 세도 정치를 일삼아 온 김씨네 일족들은 제법 똑똑한 왕족을 모조리 없애 버린 뒤였다. 그들에게 임금이란 명목일 뿐이었다. 그러니 대왕대비 조씨도 어른 대접을 받지 못하는 허수아비 신세였다. 지금 옥좌에 앉아 있는 왕이 누구인가? 바로 안동 김씨네가 수소문하여 억지로 자리에 앉혀 놓은 꼭두각시 아니던가.

아직 왕이 되기 직전의 동궁이었던 효명 세자14와 사별하게 되면서 조 대비는 왕비의 자리에 앉아 보지도 못한 채 뒷자리로 물러앉게 되었다. 그녀의 아들도 자손을 얻지 못하고 스물두 살의 젊은 나이로 세상을 등지니 조 대비는 외로울 뿐이었다.

당시 조 대비의 시어머니는 순조 비 김씨(김 대비)로서, 안동 김씨 김조순의 딸이었다. 게다가 지금 영의정 자리에 앉아 있는 김좌근은 김조순의 아들이고, 한편으론 김 대비의 오라비였다.

그들은 왕위를 계승할 최고 유력자인 도정 이하전을 역

---

14 효명 세자: 조선 23대 국왕 순조와 순원왕후 김씨의 맏아들, 1812년 7월 6일 왕세자로 책봉되었다.

모로 몰아 제거하고 강화 섬에서 나무꾼으로 지내던 '이원
범'을 데려다가 왕으로 옹립했다. 그가 전계군의 아들로서
지금의 왕(철종)이 된 것이다. 그런데 안동 김씨 김문근의
딸이 그 왕비로 들어앉았다. 그렇게 삼대를 이어 안동 김
씨 가문에서 계속 왕비를 배출하였으니 그들의 힘이 오죽
했으랴.

조 대비는 외롭고 쓸쓸했다. 그녀의 종친 중에서 그나마
인물이라던 도정 이하전과 경평군 이세보가 역모로 몰려
떨려난 뒤에는 더욱 외롭고 힘들기만 했다. 오로지 하나 남
은 종친이라곤 육촌 시동생뻘인 흥선밖에 없었는데, 그마
저도 시정잡배 노릇이나 하고 다닌다니 한이 맺힐 노릇이
었다.

그런 처지에 놓여 있는 대왕대비 조씨의 조카가 '조성하'
였고, 그 조성하의 사위가 바로 '이호준'이었다. 그런데 세
상 인연이란 것이 작용하였는지 흥선의 서녀와 이호준의
서자인 '윤용'이 서로 혼인을 하게 되었다. 흥선이나 이호준
모두 첩의 자식들을 혼인시키면서 맺어진 관계이긴 했지만
어쨌든 사돈 관계가 맺어진 셈이었다. 첩도 자식이니 누가
뭐래도 이호준과 흥선은 사돈 간이었다.

흥선과 이호준, 그리고 조성하와 조 대비와의 관계는 그렇게 연결되어 있었다. 조성하는 조 대비를 모시는 궁정 비서 승후관이었으니, 장인 이호준과 사돈 관계인 흥선을 나름대로 믿고 따랐다. 물론 그렇게 관계가 맺어지기 전부터도 흥선과 이호준은 긴밀히 연결되어 있었다. 흥선이 '사복시15'에서 '제조16'로 일할 때부터 이미 두 사람은 상하 관계로 업무를 나누어 맡아 보던 사이였던 것이다.

"잘 알아 모시겠습니다요. 하지만 오늘은 바보 노릇을 하더라도 정도껏 하시지요. 상대가 기생 출신 아녀자인데, 하물며……."

"하물며 뭐가 어쨌다는 게냐?"

"왕손을 떠나서라도 사내대장부가 어찌 아녀자에게 싹싹 빈단 말입니까?"

"으흠, 너야말로 아직 어린아이 수준에서 벗어나지 못했구나."

"그건 또 무슨 말씀이시오니까?"

"이놈아, 이건 목숨이 걸린 일이다. 일이 잘못되면 나쁜

---

15 사복시(司僕寺): 조선 시대 궁중에서 가마, 마필, 목장 등을 관장한 관청.
16 제조(提調): 관아의 일을 지휘 감독하던 직책.

만이 아니라 내 아들 명복에게도 화가 미칠 일이야. 그러니 철저한 팔불출이가 되어야 한단 말이다. 내 말 잘 알아듣겠느냐?"

"예, 마님. 명심하겠습니다요. 그럼 오늘 밤에 저희들이 할 일이나 짚어 주시지요. 어떻게 할까요? 배 위에서 난장을 칠까요?"

"이놈들아, 김씨네 하수인들이 나합이 타고 있는 배에 너희들을 태워 주기라도 한다더냐?"

"그럼, 어찌해야 합니까요?"

"잘 들어라. 등을 켜고 제사를 지낸다 하니 날이 어둑해져야 배가 뜰 것이니라. 내가 몸을 잘 숨기고 있다가 배가 뜰 적에 번개처럼 배에 올라탈 것이야. 그러면 천희연, 안필주! 너희는 복면을 뒤집어쓴 채로 다가가서 배 뒤꼬리를 힘껏 강 쪽으로 밀란 말이다."

"그것으로 저희 임무는 끝입니까요?"

"오냐, 그런 연후에 일단 멀찌감치 튀어서 숨으면 된다."

"그럼, 저희 둘은 무얼 할까요?"

이어서 하정일과 장순규가 물었다.

"배가 강 중심으로 밀려가면 아무리 독한 김가네라 해도 설마 나를 어떻게야 하겠느냐? 그러면 나는 술이나 댓 잔 얻어 마시다가 나합에게 내 아들 두 명, 재면이와 명복이를 과거에 등과 시켜 달라고 조를 것이야. 그럼 보나 마나 주위에서 아부하는 놈들이 나를 제지하겠지. 그때 내가 그놈들 중에서 고약한 놈 두 명을 밀치고 술 취한 척하면서 물속으로 뛰어들 것이니라.”

“아부하는 놈들에게 망신을 줄 셈이로군요? 하지만 고뿔17에 걸리지 않겠습니까요? 대감마님.”

“칠월 한더위에 웬 고뿔! 너희는 그때 재빨리 내게 헤엄쳐 와서 나를 구하란 말이다. 알겠느냐? 내 마음만 같아서는 나합을 끌어안고 물속으로 뛰어들고 싶다만, 그랬다간 당장에 칠성판을 질까18 겁나서 못 하겠다.”

“알겠습니다요. 그런데 다시 여쭙지만 꼭 그렇게까지 하셔야 하는 겐지 모르겠습니다. 아무리 복더위라 하지만 아녀자 눈 밖에 나면 서릿발이 돋을 텐데요.”

“흐흐흐…… 자고로 양반이란 것이 천한 기생 출신 아녀자에게 망신을 당하면 소문이 한나절에 천 리를 가는 법이니라. 흥선군이 계집에게 빌다가, 그것도 아들 밥 먹을 자

17 고뿔: 코나 목구멍, 기관지 등의 호흡기 계통에 생기는 질병
18 칠성판을 지다: 사람이 죽거나 죽게 됨의 뜻.

리나 마련해 달라고 빌다가 물에 빠져? 크헛헛헛! 거참, 생
각만 해도 재미있구나. 그런 소문이야말로 귀머거리도 듣
는 법이야."

흥선은 제풀에 등을 거들먹거리며 웃기 시작했다. 그러
나 그의 눈동자에서는 푸른 인광[19]이 새어 나오고 있었다.
그렇다. 이 짓이야말로 얼핏 장난처럼 보이지만 본인과 아
들의 목숨을 연장하고자 하는 피눈물 나는 시도였다.

"우선 술부터 한 주전자 들이켜고 가자꾸나. 아무래도 맨
정신으로 팔불출 연기를 하자니 좀 그렇도다. 그러나저러
나 천하장안 너희들! 언제, 어디서건 입조심 하여라. 낮말
은 새가 듣고 밤말은 쥐가 듣는 법. 만에 하나 이런 짓의
저의가 밝혀지면 나도 죽지만, 나와 함께 놀아난 너희들도
함께 죽을 것이다. 알겠는가?"

"네, 마님."

흥선이 노량진 어귀에 다다르자 이미 밤은 어둑했다. 술
시도 이미 넘어서서 해시로 접어드는 모양이었다.

---

19 인광(燐光): 분노로 이글거리는 눈빛을 비유적으로 이르는 말.

"어허, 술시가 지나도록 술 한 대접을 못 얻어 마셨으니 목이 타는구나. 좀 서둘러야겠다. 그건 그렇고, 내 너희들에게 물어볼 것이 있노라."

하정일과 장순규가 키 높이로 자라난 억새풀 속으로 몸을 숨기자 천희연과 안필주는 베 보자기로 복면을 틀어 얼굴을 가리던 중이었다.

"나야 중늙은이에다가 망해 가는 집안의 자손이니 답답하고 원통해서 이리도 허접하게 논다만, 너희들은 한창 젊은 나이에 열심히 공부를 하거나 일을 할 것이지 어째 불한당 짓을 하는 것이냐?"

흥선이 이렇게 묻자 천희연은 저만치에 등불을 훤히 밝히고 둥실둥실 떠 있는 놀잇배를 손가락으로 가리키며 말했다.

"저기에 답이 있습니다요, 저길 보세요. 등불 훤히 밝혀 놓은 배 한복판에 잔칫상 펼쳐 놓은 것을 보시란 말입니다. 수박에 참외에…… 벌써 천도복숭아가 나왔는가? 과일이 즐비하고 그 옆에 술병들이 잔뜩 놓여 있지 않습니까? 얼씨구, 기생들이 장구 칠 채비를 하고 있네요. 젓대[20] 잡이만

---

20 젓대: 대금으로, 우리나라의 전통적인 목관 악기 중 하나.

해도 다섯이나 되고요."

하긴, 젓대 잡이들이 불어 대는 대금 자락은 벌써부터 애
간장을 녹이고 있었다. 멀리서 보아도 훤히 등불을 밝힌 가
운데에 비단옷을 걸친 나합이 앉아 있었는데, 그 주위로 열
댓 명이나 되는 고관 댁 부인들과 함께 테가 큰 갓을 쓴 양
반네들이 간혹 허리를 굽실거리며 촘촘히 앉아 있는 모습
이 눈에 띄었다.

"교동 댁 곳간에 백미가 남아돌아서 그중 스무 섬을 물고
기 밥으로 뿌린답니다요. 아니, 어부도 아닌데 어째서 용왕
님께 치성을 드리는가 몰라요. 백성들은 풀뿌리를 삶아 먹
는 판에 저 귀한 쌀을 물에 쏟아붓다니……."

"이놈아, 물고기도 배불리 먹고 살아야지 너만 배부르
면 다냐?"

"정도껏 해야 되지 않습니까요? 백미 스무 섬이면 수백
수천 명이 배불리 먹고도 남을 텐데……. 허 참! 얼마나 뇌
물을 받아 챙겼으면 저럴까요. 하긴 선공감[21]의 제일 말단
직인 감역관[22] 자리도 5천 냥은 줘야 살 수 있으니 매관매

---

21 선공감(繕工監): 조선 시대에 토목에 관한 일을 관장하던 관서.
22 감역관(監役官): 조선 시대에 관청을 건축, 수리하는 노동자들을 감독하던 관리.

직으로 얼마나 많은 돈을 끌어모았을까요?"

"천가야! 이놈아, 너는 수중에 고작 5천 냥이 없어서 감역관 자리 하나 얻어 차지 못하고 백수로 지낸다는 말이냐? 못난 놈 같으니. 안가야! 너도 그깟 5천 냥이 없어서 벼슬을 못 했느냐? 풍문에 들기로 전라도 보성에서는 과붓집 개 누렁이에게도 벼슬을 팔았다더구나. 그 누렁이에게는 5천5백 냥을 받았다던가?"

"아이고, 그런 말씀 마십시오. 그런 대감마님은 수중에 돈이 넘쳐서 자제분 벼슬자리를 못 구하고 계십니까요? 왕손인데도요? 소문에 의하면 어느 부원군은 생일날에 지붕 위에서 상평통보23 스무 말을 길에 뿌렸다는군요. 적어도 그 정도는 돼야 사내대장부 소리를 듣지 않겠습니까요?"

"하긴, 재상급 벼슬아치들은 부자들만 보면 무단으로 착취를 일삼으니 큰일이로다. 재상댁 하인만 되어도 축재를 하는 판이니 더 말해 무엇 하랴?"

은근히 재상들을 비꼬는 천희연과 안필주의 말에 흥선은 혀를 끌끌 찼다. 그들이 베 보자기로 얼굴을 가린 채

---

23 상평통보(常平通寶): 조선시대에 사용하던 엽전(葉錢), 1633(인조11)년부터 조선 말기, 신식화폐가 나올 때까지 주조하여 사용하였다.

어둠 속으로 스며들자 흥선은 나합이 타고 있는 놀잇배를 향해 갈지자걸음으로 걸어가며 느닷없이 호통을 치기 시작했다.

"네 이놈들아! 물렀거라, 비켜서라!"

이렇게 소리 지르는 사람은 원래 흥선의 별배들이어야 마땅했다. 그러나 지금의 벽제 소리는 누가 들어도 술 취한 흥선의 목소리였다. 흥선은 제 스스로 그렇게 소리치며 노들강에 풍덩 발목을 담갔다.
마침 젓대 가락이 잦아드는 중이었고, 나합을 태운 놀잇배는 천천히 강 중심을 향해 움직이기 시작하던 무렵이었다. 흥선은 거의 무릎까지 빠져들어서야 겨우 뱃전을 움켜쥘 수 있었다. 그러자 예상했던 대로 벽력같은 호통 소리가 터져 나왔다.

"웬 무뢰한이냐? 이놈, 냉큼 물러나지 못할까?"

누군가 이렇게 소리치는 중에 흥선은 힘을 바짝 주어 물에 젖은 발로 뱃전을 딛고 올라섰다. 어느새 허리춤까지 물에 젖어 있어서 뱃전을 타고 오르기가 여간 힘들지 않았다.

"나 전주 이가, 이하응이라고 하오. 여기 잔치가 벌어졌다고 해서 술이나 얻어 마시려고 찾아왔소. 저 구석에 간장 종지처럼 엎어져 있을 테니, 자시다 남은 술이나 두어 잔 주시오."

그와 때를 같이하여 복면을 뒤집어쓴 천희연, 안필주가 귀신같이 배로 다가와 배 뒤꼬리를 힘껏 밀어붙였다. 배가 스르륵 강 중심을 향하여 밀려 나갔으므로 호통을 치던 작자도 더 이상 그를 뭍으로 끌어낼 수 없었다. 흥선은 속으로 쾌재를 부르며 배 안을 둘러보았다. 초파일 연등 걸리듯 걸려 있는 등불 때문에 배 안에 앉아 있는 사람들의 면면이 대낮처럼 밝게 드러나기 시작했다.

나합은 여전히 인형처럼 앉아 있었지만 그 주위에 포진한 벼슬아치들은 입에 문 장죽을 하늘로 향한 채 부들부들 떨며 노여움을 삭이지 못하고 있었다.

잠시 후, 나합이 무어라 귓속말을 하자 옆에 있던 벼슬아치가 점잖게 흥선에게 말을 전했다.

"배에 오르는 모습이 하도 무례해서 나는 웬 배워먹지 못한 부랑배인가 했소. 이제 보니 흥선 대감이시구료. 마침 경사스런 자리라 술은 아끼지 않을 것이니 취할 만큼 드시다 가시오."

그는 이를테면 나합의 뜻을 전한 셈이었다. 불쾌하기 그지없으나 나합께서 선심을 쓰는 것이니 얌전히 술이나 마시고 꺼지라는 뜻이었다. 하지만 흥선은 그 벼슬아치야말로 자기를 부랑배쯤으로 여기고 있다는 것을 알 수 있었다. 나합을 배행하는 그를 자세히 뜯어보니 판서 자리 벼슬아치임이 분명했다. 그렇지. 나합의 치마끈을 꼭 움켜쥐고 있어야 오래도록 판서 자리에서 떨려 나가지 않을 것이야.

"술만 마실 수 있소? 안주도 먹고, 마침 배가 고프니 저 백미로 지은 이밥도 좀 먹어야 쓰겠소. 저기 백미가 스무 섬이나 있구려. 곧 나도 배부르고 물고기도 배부를 것이니 이 얼마나 풍진 세상이오?"

흥선은 이렇게 지껄이면서 술병째로 술을 들이켜기 시작했다. 그 꼴이 더 이상 보기 싫었던가? 나합이 몸을 돌려 앉자 젓대 소리와 장구 소리가 터져 나왔다. 흥선은 무작정 시간을 끌 수도 없었으므로 다짜고짜 사람들 틈을 헤집고 걸어서 나합의 곁으로 다가갔다. 그러나 그

녀를 호위하는 작자들 때문에 앞이 가려져서 나합과는
눈도 마주칠 수 없었다.

"긴히 부탁이 있소이다!"

흥선은 나합이 알아듣도록 큰 소리로 말했다. 기생 출신
인 전직 영의정의 첩실에게 무어라 호칭을 해야 좋을지 몰
라 아무런 호칭도 없이 본론을 먼저 끄집어낸 것이었다. 어
쨌거나 흥선은 정일품 현록대부였다. 그러나 아무런 실권
도 없었다. 상대는 아무런 계급이 없으나 세도가와 베개를
맞대는 첩실 아닌가.

"못났지만 내 아들을 문과에 기용해 주면 더 이상 원이
없겠소. 그 애들 먹여 살리기가 녹록지 않소이다. 내 녹봉
이라고 해야 한 달에 겨우 백미 두 섬을 타 먹을 뿐이니 물
고기보다도 못하오."

흥선이 이렇게 말을 꺼내자 나합은 아예 몸을 돌려 앉았
다. 나합이 몸을 돌린 쪽으로 커다란 연등이 걸려 있었기에
그녀의 모습이 마치 달 속에서 방아를 찧는 옥토끼처럼 어
슴푸레하게 비칠 뿐이었다.

"어허! 여기가 어느 안전이라고 이렇게 무례한 짓을 하
오? 이 추한 꼴을 하옥 대감께서 보시면 뭐라 하시겠소?"

기가 막힐 노릇이었다. '하옥 대감'을 들먹이며 여기가 어느 안전이냐고 눈을 부릅뜨며 나무라는 이는 품계가 종3품 당하관의 처인 '숙인'이었다. 하옥은 김좌근의 아호였으므로 김좌근을 등에 업고 '어느 안전' 운운하며 위세를 부리는 꼴이 심히 가관이었다. 아무리 주정뱅이 파락호 소리를 듣는 지경이라 해도 흥선은 억장이 무너지지 않을 수 없었다.

"종실의 군이라는 사람이 체면을 보아서라도 집에 조용히 머물면서 제사나 챙길 것이지, 어찌 부랑배처럼 아무 곳에서나 함부로 날뛰시오? 다시는 양반 재상집 행사에 나서지 마시오."

이번에 눈을 부라리며 나선 이는 나합의 곁에 앉아 있던 그 판서였다. 그는 제자리에서 벌떡 일어나며 소리를 질러 댔다. 하긴 그렇게라도 나서 줘야 나합에게 점수를 따겠지만, 그의 호된 질책에 흥선은 더 이상 참을 수가 없었다. 아무리 망해 가는 왕실이라 해도 지체 높은 왕손을 이렇게 욕보일 수 있을까. 하물며 기생 출신 첩실이 주인인 행사를 뭐가 어쩌고 어째? 양반 재상집 행사라고?

"하도 먹고살기 힘들어서 아들놈 등과 청탁 좀 하기로서니!"

마침 이때로다. 흥분한 채 자리에서 일어난 통에 아직 중심을 제대로 잡지 못하고 서 있는 판서를 향해 흥선은 코뿔소처럼 달려들었다. 순식간에 벌어진 일이었다. 둘이 하나 되어 비틀거리는가 싶더니 그 와중에 판서가 안주머니 깊숙이 품고 있던 청옥 물부리 담뱃대가 먼저 나뒹굴었다.

풍덩!

어머머! 하는 아녀자들의 날카로운 비명 소리가 들리더니 흥선과 그 판서의 몸이 하나로 합쳐진 채 강물 속으로 빠져든 것이었다. 허연 물기둥이 석 자 높이로 튀더니 검은 물속으로부터 부글부글 거품이 일고 동심원이 크게 일렁였다.

"자, 시작해 볼까?"

웃옷을 벗어 놓은 채로 억새풀 속에 몸을 숨기고 있던 하정일과 장순규는 재빠른 동작으로 물가를 기더니 물속으로 잠입해 들어갔다. 양반 체면 때문인지, 태생이 둔해서인지는 몰라도 흥선은 헤엄을 칠 줄 몰랐다. 그러니 촌각을 지체할 수 없었다. 설마 빠져 죽기야 할까마는 혼탁한 강물이라도 몇 모금 마시게 되는 날에는 흥선군의 호통을 면치 못하리라.

7월 백중날, 노량진 어귀 노들강에서는 이런 웃지 못 할 희극이 벌어지고 있었다. 그날 노들강 물고기들은 스무 섬 백미로 배를 불렸겠지만, 백성들은 여전히 전염병에 시달리며 흉작에 배를 곯아야 했다. 돈으로 자리를 산 관리들의 행패는 더욱 심해졌고, 무식한 까닭에 착하기만 했던 천하장안, 네 명의 사내들은 점차로 건달 짓을 일삼아 가고 있었다.

그 와중에 임금님의 건강 악화로 인하여 수24를 못 할 것이란 소문이 조용히, 그러나 빠르게 퍼져 나갔다.

---

24 수(壽): 오래 삶. 오복의 하나로 장수를 이른다.

3. 겨울이 지나야 봄이 온다더라

임술년(1862년) 후반에 들어서면서부터 임금(철종)의 병환이 눈에 띄게 악화되기 시작했다. 임금은 늘 병색이 깃든 얼굴로 지냈는데, 왕실 주변에서는 임금이 너무 여자를 좋아하여 건강을 챙기지 못한 결과라고 수군거렸다.

원래 농사지으며 낫질이나 하고 지게 작대기나 두드리던 농군이 구중궁궐 깊숙이 들어앉아 척신[1]들에게 시달리며 허수아비 왕 노릇을 하고 있었으니, 어쩌면 몸보다도 마음의 병이 먼저 들었을지도 모를 일이었다. 하지만 조정에서는 임금의 건강 상태보다도 후계자를 기대할 수 없다는 점을 더욱 걱정하고 있었다.

이 무렵, 한편으로는 나라 정세를 걱정하면서도 다른 한편으로 비렁뱅이 짓이나 하고 다니던 흥선이 어느 날 일찍 잠자리에 들었다가 신묘한 꿈을 꾸었다. 나이에 비해 영특

---

1 척신(戚臣): 임금과 성이 다르거나 일가인 신하.

하기도 하고, 속도 깊은 그의 둘째 아들 명복이 황금빛으로 빛나는 도포를 입고 옥으로 지어진 아름다운 궁궐의 주인이 되는 꿈이었다.

"아니, 이게 무슨 꿈이더냐?"

흥선은 자다 말고 벌떡 일어나 앉았다. 근래에 마음이 산란하여 사랑방에 앉아 먹을 갈아 놓고 난을 치다가 잠시 쉰다는 것이 그만 잠에 이른 모양이었다. 머리맡에 자리끼2로 놓아둔 물그릇 위에 살얼음이 끼어 있는 것으로 보아 밖의 날씨는 무척이나 추운 모양이었다. 요즈음 돈이 궁하여 아궁이에 장작불을 제대로 지피지 못했을 뿐더러 외풍마저 심해서 자칫하면 자다가 얼어 죽지나 않을까 걱정이었다.

"어험, 주무시오? 우리 명복이는 안방에서 잘 자고 있소?"

흥선은 버선도 신지 않은 채 차가운 마루를 가로질러 안방으로 향했다. 그는 명복이 깨지 않도록 조심스레 미닫이를 열고 안방으로 들어섰다. 부인 민씨는 웬일인가 싶어 일

---

2 자리끼: 밤에 자다가 마시기 위하여 머리맡에 준비하여 두는 물.

어나서 자세를 고쳐 앉았다.

"야심한 시각에 어쩐 일이십니까? 아직 침수3 드시지 않으셨나요?"

"아무 일도 아니오. 우리 명복이가 잠을 제대로 자는가 싶어서 내 한 번 둘러보러 왔소이다."

"당신도 참 싱겁구려. 어서 주무세요. 하긴, 방구들이 서늘하니 제대로 주무실 수나 있을까 싶습니다."

민 씨는 집 안에 돈이 떨어져 살림하기가 매우 어렵다는 말을 에둘러 하는 중이었다. 그러나 장사치도 아닌 정일품 왕손에게 당장 나가서 돈을 벌어 오랄 계제4도 아니었다. 그렇다고 해서 주위에 흔한 벼슬아치처럼 백성들이라도 후려서 뇌물을 받아오랄 수도 없었다. 그저 망해 가는 전주 이씨 가문에 시집온 팔자려니 할 뿐.

"내가 내일 아침에는 돈 좀 구해 보리다."

하기도 힘든 말이었지만 듣기도 어려운 말이었다. 그러나 흥선은 분명한 말투로 내일 아침에는 돈을 구해 오겠노라고 했다. 그 말에 부인 민씨는 고개를 갸웃거렸다. 저이

---

3 침수(寢睡): '잠'을 높여 이르는 말.
4 계제(階梯): 어떤 일을 할 수 있게 된 형편이나 기회.

가 벌써 늙었는가? 어째서 평생 아니하던 짓을 하시는가?

"아 참, 우리 둘째 아들 명복이가 지금 몇 살이 되었지요?"

"꽉 찬 열한 살이지요."

"그렇구먼. 으흠, 너무 어리긴 하지만 지금의 시국으로 보아선 오히려 어린 게 장점인지도 모르지."

부인 민씨에게 들으라고 한 말은 아니었다. 그는 그저 고개를 갸웃거리며 혼자 중얼거릴 뿐이었다. 다시 사랑으로 되돌아온 흥선은 조용히 가부좌를 틀고 앉아서 좀 전에 꾸었던 꿈을 되새겨 보았다. 명복이 입고 있던 금빛 번득이는 도포가 마치 현실에서 보듯 생생히 되살아났다.

'상감께서 수를 못 하실 게라고? 길어야 내년을 넘기지 못하실 것 같다니…… 그 소문이 사실이라면 오늘 내가 꾼 꿈은 분명 대길몽일 것이야.'

흥선은 눈을 지그시 감았다. 그 와중에 얼마나 오랫동안 긴장한 채로 이를 악물고 있었는지 턱 언저리가 저려 왔다. 꿈속이긴 했으나 명복은 옥좌에 근엄하게 앉아 신하들의 조회5를 관장하고 있었다. 명복이가 입고 있던 황금빛 찬란한 도포는 분명 왕이 입는 곤룡포일 것이었다. 아! 그렇다면…….

다음 날 아침, 제대로 잠을 이루지 못하여 부석부석해진 모습으로 자리를 털고 일어난 흥선은 평소 격의 없이 지내던 김병국을 찾아 나섰다. 김병국은 현직 훈련대장이었다. 오랫동안 호의호식해 오던 안동 김씨 일족 중에서 그나마 흥선군에게 살갑게 대해 주는 이는 김병국이 유일했다. 어쩌면 흥선의 야심을 알아보았기 때문일 수도 있었지만, 만에 하나 있을지도 모르는 확률, 즉 왕손이기 때문에 왕통을 이어받을 수 있게 될 경우를 대비한 포석일 수도 있었다.

김병국과 상면하는 일이 흥선으로서는 그리 달갑지만은 않았다. 그는 항시 당상관 직급인 훈련대장의 정복을 입고 있었으므로 단령6은 붉은색이었고, 각대7와 사모8는 짙은 검정색을 띠고 있어서 얼핏 보기에도 기품이 당당했다. 거기에 비하면 본인은 왕손이었으나 찌그러진 갓에 짧고 구

---

5 조회(朝會): 벼슬아치들이 정전에 모여 임금에게 문안을 드리고 정사를 아뢰던 일.

6 단령(團領): 조선시대, 관원들이 공무를 볼 때 입었던, 깃을 둥글게 만든 옷.

7 각대(角帶): 오각대(烏角帶), 예전에 정칠품에서 종구품까지의 벼슬아치가 관복에 갖추어 두르는 품대를 이르던 말.

8 사모(紗帽): 고려 말기부터 조선 말기에 걸쳐 문무백관이 관복을 입을 때 갖추어 쓰던 검은 모자.

겨진 도포 자락이었으니 마주 앉아 담배를 태우기도 멋쩍었기 때문이다. 하물며 그에게 생활비 좀 보태 달라는 말까지 해야 했으니 심경이 답답하기만 했다.

그러나 오늘만큼은 달랐다. 하늘도 무심치 않아서 장차 대운을 예고하는 꿈을 보여 주셨으니, 만일에 대비하여 아들 명복의 뒷바라지를 단단히 해야 할 것이란 명분이 생겼던 것이다.

흥선은 마음을 다잡고 사동에 있는 김병국의 집을 찾아갔다. 아직 이른 시각임에도 불구하고 사동 솟을대문 앞에는 벌써 사람들의 왕래 흔적이 역력했다. 아니나 다를까, 대문을 지나 중문으로 들어서자 빈객9들이 벌써 그득했다. 하긴 아침 식사 시간이 되면 아직 사무를 마치지 못했더라도 빈객들 스스로 물러가 주는 것이 예의였으므로 될 수 있는 한 일찍 방문했을 터였다.

살아 있는 권력자의 집에는 이렇게 사람들이 꼬이게 마련이었으나 오늘따라 누가 긴한 청탁이라도 하는 모양이었

---

9 빈객(賓客): 귀한 손님.

다. 앞서 면담을 들어간 빈객이 시간을 질질 끄는 동안에 청지기로부터 아침 식사 시간임을 고하는 소리가 들려왔다. 그 소리에 나머지 빈객들은 쓴 입맛을 다시며 모두 물러가기 시작했다. 그러나 그들 틈에 자리 잡고 있던 흥선은 차마 따라 일어설 수가 없었다.

"오호라, 대감께서 와 계셨소 그려. 미안하오. 내 미처 몰랐소이다. 그나저나 모두 물러간 자리에 홀로 남아 담배를 태우고 계시니 무슨 피치 못할 사연이라도 품고 계신 것이오?"

그러자 흥선은 멀찌감치 자태를 드러내고 있는 목멱산 (지금의 남산)을 바라보며 겨우 말을 이어 갔다.

"부끄럽소만, 며칠 후면 계해년 새해가 다가오는데 수중에 돈 한 푼이 없으니 답답하기 짝이 없소이다. 대감께서 혹시 여유가 좀 있다면……."

훈련대장은 종이품 벼슬이었다. 종이품은 '영감'이라 불려야 마땅했다. 흥선은 그래 봬도 정일품이니, 의당히 대감으로 불려야 했다. 그러나 지금 흥선은 김병국을 대감이라 칭했던 것이다. 하긴, 세상 사람들 모두가 김병국을 대감이라 호칭하니 별 어색한 일도 아닐 것이었다. 흥선이

난처한 표정을 지으며 득득 뒷머리를 긁자 김병국은 즉시 대답했다.

"우리 사이에 부끄러울 게 뭐 있겠소? 돈이란 있다가도 없고, 없다가도 따라붙는 것. 대감께 곤란한 일이 생기면 나도 마음이 편치 않다오."

김병국은 이렇게 말하더니 그 즉시 재산과 곳간을 책임 지고 관리하는 청지기를 불러들였다.

"우리가 흥선군께 얼마를 빚지고 있더냐?"

"사, 오만 냥은 족히 있사옵니다."

김병국은 아랫것들 앞에서 흥선이 민망해하지 않도록 이런 식으로 에둘러 물었고, 눈치 빠른 청지기는 그 말뜻을 알아차려 현명하게 대답했다.

"으흠, 그러면 지금 곧바로 1만 냥을 흥선군께 내어 드려라. 엽전으로는 무거워서 가져가시기 힘드실 테니 어음10을 끊도록 하라."

이렇게 명한 김병국은 눈가에 가볍게 웃음을 머금었다. 감격한 이는 다름 아닌 흥선이었다. 졸지에 1만 냥이란 거

---

10 어음: 일정한 시기에 일정한 장소에서 일정한 금액을 지불하겠다고 약속한 유가증권.

금을 손에 쥔 흥선은 격의 없이 지내던 김병국에게 연거푸 머리를 조아리기까지 했다. 그리고 달음박질치듯이 집으로 와서는 부인 민씨에게 어음장을 내밀어 보였다.

"이보시오, 부인! 안동 김가네 중에도 이렇게 후덕한 이가 있소. 내 나중에 팔자가 펴게 되면 이 은혜를 잊지 않을 것이오."

느닷없이 흥선에게 1만 냥짜리 어음을 써 주긴 했지만 김병국의 심사는 별로 개운치 않았다. 별로 입맛도 돌지 않았으므로 흑임자죽11으로 가볍게 식사하고 아침상을 물린 김병국에게 때마침 찾아온 손님이 있었다.

홍문관12 대제학13의 벼슬을 지닌 그의 형 김병학이 아우를 찾아온 것이었다. 문과 중에서도 대과에 급제해야만 얻게 되는 관직으로서 품계는 판서와 동등한 정이품이었지만, 학문에 관련하여 나라 전체를 대표하는 직위이므로

---

11 흑임자죽(黑荏子粥:) 검은깨를 흰쌀과 함께 물에 담가 불렸다가 갈아서 체에 걸러 그 거른 물만 솥에 붓고 끓인 죽.
12 홍문관(弘文館): 조선시대 삼사(三司)의 하나, 궁중의 경적(經籍), 사적(史籍) 등을 관리하고 문한(文翰)의 처리 및 왕의 자문을 맡아보던 관아이다
13 대제학(大提學): 조선시대, 홍문관과 예문관의 으뜸 벼슬. 정이품(正二品)이다.

삼정승14이나 육조 판서15보다도 오히려 높은 대우를 받던 인물이었다.

형은 문신을 대표하는 대제학이요, 동생은 무관을 대표하는 훈련대장이었다. 그러니 아무리 친형제라 해도 그 만남이 예사로울 수는 없었다. 그런데 오늘은 아무런 예고도 없이 형이 찾아왔다.

"형님, 오셨습니까? 나라 꼴이 형편없어지니 궁궐 또한 어수선하고 경황없으실 텐데 긴히 저에게 타이를 말씀이라도 있으신가요?"

김병학이 대문, 중문을 거쳐 안마당까지 타고 들어온 교가에서 내리기 위해 부축을 받으면서 말했다.

"내 혼자만 추측할 수 없어서 오늘은 이렇게 동생을 찾아왔네. 그나마 동생이 각별하게 지낸다는 흥선군 때문이지."

"흥선군이요? 마침 조금 전에도 저희 집엘 다녀갔지요. 몇 푼이라도 좀 도와 달라더군요. 세밑에 떡국 끓여 먹을 돈조차 없는 형편인가 봅디다."

"그래? 그래서 어찌해 보냈는가?"

---

14 삼정승(三政丞): 영의정, 좌의정, 우의정의 세 정승.
15 육조 판서(六曹判書): 고려와 조선시대, 여섯 중앙 관청의 판서를 이르는 말.

"망설임 없이 1만 냥을 주어 보냈지요."

"그리 큰돈을? 으흠, 하지만 잘했어. 그까짓 1만 냥쯤이야 애초부터 없었다고 여기면 될 일이지. 때맞추어 적선 한번 잘했어."

교가꾼들이 밖으로 물러나자 김병학의 목소리는 더욱 낮아졌다. 대단히 비밀스러운 이야기라도 하려는 것일까?

"나 혼자 추측하고 단정하기엔 어려운 소문이 나돌고 있단 말이야."

김병학이 입속 깊숙이 물고 있던 장죽을 쑥 뽑으며 말했다.

"흥선이 장난질을 치는 것일까?"

"장난이라니요?"

"감히 뜨내기 왕손 주제에 대비마마의 관심을 받고 있음에 우쭐해서 연극을 꾸미는 게 아닐까 하는 생각이 든단 말이지."

"연극이요? 왕이 되는 연극?"

원래 흥선군의 아버지 '남연군'은 입양된 자식이었다. 거슬러 올라가 '인평 대군'의 핏줄이긴 했으나 대가 끊긴 먼 친척 집에 입양되어 갈 지경이었으니 실로 별 볼 일 없는 왕손이었던 셈이다.

"형님도 걱정이 심하십니다. 대비마마께서 어떤 분이십 니까? 우리 안동 김씨 가문을 경계하고 풍양 조씨 가문에 권력을 쥐여 주려고 안달이 나신 분 아닙니까? 그 두 가지 를 성사시키기 위해서는 뼈대 있는 양반 가문으로 후사를 이어야 할 터인데, 뜨내기 왕손 흥선군이 어디 가당키나 합 니까?"

김병국은 귓속말로 이렇게 소곤댔다. 그러자 김병학이 고개를 크게 끄덕거렸다.

"네 말이 맞다. 그러나 흥선에게는 재면이란 아들이 있지 않나?"

"열일곱인가 되었다던 그 아들 말입니까? 요즘 흥선군이 사방에 그 아들을 기용해 달라고 청탁하러 다닌다고 합니 다. 하지만 그 애의 인품이나 자질이 아주 보잘것없다고 하 더군요. 하물며 그런 애가 왕재16를 지니고 있기나 하겠습 니까?"

"그렇다면 그 동생은?"

"명복이라는 애 말이군요? 그 애는 아직 코흘리개 철부

---

16 왕재(王才): 임금을 보필할 만한 재능, 또는 그런 사람.

지 아닙니까?"

"그런데 어째서 항간에 이상한 소문이 나도는가 말이다. 난 그것이 흥선의 장난질인 줄 알았지."

"어떤 소문 말인가요?"

"운현동에 왕기가 서려 있다는 소문 말이지."

"운현동이라면 흥선의 집이 있는 곳?"

"흥선이 아무리 천치라지만 자칫하면 역모로 몰려 처형될 수도 있는 그런 소문을 어찌 스스로 퍼뜨리고 다니겠습니까?"

"그렇지? 근래에 해괴한 역병이 돌아서 백성들 수천이 죽어 나가더니 소문마저도 해괴하기 짝이 없구나. 하긴, 소문도 일리가 있어야 믿을 만한데, 요즘 나도는 소문은 앞뒤가 안 맞아."

"그건 또 무슨 말씀이세요?"

"운현동에 왕기가 서려 있다는 소문은 아주 간간이 들리는 바이지만, 내 벼슬이 조만간에 영상17에 다다른다는 소문은 아주 파다하지 뭔가."

---

17 영상(領相): 조선 시대, 의정부의 으뜸 벼슬.

"비록 소문이라도 감축드립니다. 형님 벼슬이 영의정에 이른다니 정말 가문의 영광이군요. 영상이면 일인지하 만인지상 아닙니까?"

"고맙네."

두 형제는 이렇게 덕담을 하였을 뿐, 굳이 이치를 따지려 들지 않았다. 김병학의 말대로 그 소문은 앞뒤가 맞지 않았다. 만에 하나라도 흥선이 왕이 된다면 그야말로 김씨 일족은 멸족[18]되고야 말 터였다. 그동안 안동 김씨 일족들이 얼마나 흥선을 얕보고, 놀리고, 망신을 주었던가. 흥선의 가문을 이 잡듯이 털어서 조금이라도 반반한 작자가 있을 땐 가차 없이 그를 죽여 버리지 않았던가. 그런 판에 어떻게 김병학이 살아남아서 벼슬이 영의정에 이를 수 있단 말인가.

"어느 눈먼 점쟁이로부터 나온 말이라고 하더구나. 가뜩이나 어지러운 세상에 이런 엉터리 발설을 하고 다니다니. 내 눈알 없는 그 점쟁이 놈을 찾아내기만 하면 당장에 물고를 낼 것이야."

---

18 멸족(滅族): 한 가문이나 종족을 망하게 하여 없앰.

그렇다. 세상은 어지러웠다. 쥐꼬리만 한 권력이라도 쥔 자들은 수령19 방백20들과 손발을 맞춰 가며 백성들의 재물을 강탈했고, 유생들은 서원을 중심으로 하여 가혹한 짓을 서슴지 않았다. 이권이 있는 곳이라면 광산이든, 염전이든, 시장이든 가리지 않고 수탈했으며 조정에는 척신들이, 산에는 산적들이 들끓었다.

전염병이 돌아 많은 사람들이 죽어 나가도 누구 하나 체계적으로 정비하는 사람이 없다 보니 이상한 사교21들이 생겨나기 시작했다. '양이22'라고 불리는 코 큰 서양인들이 검은 배를 타고 몰려와서 협박을 하고, 조정에서 받들어 모시던 청나라에도 크나큰 난리가 일어나지 않았나.

"우리 김씨 일가들이 오랫동안 부귀영화를 누려 왔어. 그러다 보니 사방에서 불협23한 소리가 들리는 게야. 우리 일가들이 너무 나대는 게 마음에 걸린다는 얘기다. 무엇이든

---

19 수령(守令): 고려와 조선 시대, 각 고을을 맡아 다스리던 지방관들을 통틀어 이르는 말.
20 방백(方伯): 조선시대의 지방 장관.
21 사교(邪教): 사회에 해를 끼치는 그릇된 종교.
22 양이(洋夷): 서양의 오랑캐라는 뜻으로, 서양 사람을 얕잡아 이르는 말.
23 불협(不愜): 마음에 들지 아니함.

정도껏 해야 하건만 이미 도를 넘어선 느낌이야.”

“그러게요. 치부를 해도 정도껏 해야 하건만. 형님과 저라도 요령껏 잘해 나가야지요. 그런 뜻에서 오늘 아침에도 흥선에게 1만 냥을 베푼 것입니다. 그 많은 돈을 되돌려 받을 수도 없을 테지만요.”

“하여간 잘했다. 세상이 바뀌더라도 목숨 값은 미리 저당 잡아 놓아야지.”

이를테면 대제학 김병학과 훈련대장 김병국은 권세를 누리더라도 양심껏 누리자는 온건주의자들이었다. 그들은 ‘화무십일홍’[24]이요, ‘달도 차면 기운다’는 철칙을 그나마 감지하고 있었다.

그에 반하여 교동에 근거를 둔 김좌근 하옥 대감과 그의 아들 좌찬성 김병기는 그야말로 권세를 지키기 위해 수단 방법을 가리지 않는 매파라 할 수 있었다. 김병학, 김병국 형제만 하더라도 나합의 품에서 놀아나며 마구잡이로 권세를 휘두르는 김좌근과 그의 아들 김병기를 폄하[25]하고 있

---

24 화무십일홍(花無十日紅): 열흘 붉은 꽃이 없다는 뜻으로, 힘이나 세력 따위가 한번 성하면 얼마 못 가서 반드시 쇠하여짐을 비유적으로 이르는 말.
25 폄하(貶下): 가치나 수준을 깎아내려 평가함.

었다. 하지만 그녀의 말 한마디에 현감 자리가 생겨나고, 그녀의 말 한마디에 병마절도사 목이 잘리는 현실을 끝끝내 부정할 수는 없었던 것이다.

그런 일이 있은 지 얼마 지나지도 않았건만, 1862년 임술년은 소리 소문 없이 지나갔다. 어느새 계해년이 밝은 것이다.

아무리 가난하여 먹을 것이 없다 해도 제야, 즉 섣달그믐날엔 '수세'[26]라 하여 집 안 곳곳에 호롱불이라도 밝혀 놓고 밤샘을 하는 풍습이 있었다. 섣달그믐 밤에 잠을 자면 눈썹이 센다고 하여 집 안 곳곳에 불을 켜 놓고 뜬눈으로 닭이 울기를 기다리곤 했는데, 그 무렵에는 마른 생선이나 육포, 대추나 곶감 등을 친지들 사이에 서로 정답게 주고받았다.

아무리 나날이 바쁘더라도 그믐날엔 마당을 깨끗이 쓸어 모닥불을 피우기도 했는데, 모든 잡귀를 불사른다는 미신 때문이기도 했지만 지난 한 해 동안의 잡스러운 일을 모두

---

26 수세(守歲): 음력 그믐날 밤에 잠을 자면 눈썹이 센다고 하여 등불을 밝히고 밤을 새우다.

청산하자는 뜻이 담겨 있기도 했다.

그러나 남쪽을 휩쓸던 민란이 함경도까지 번진 탓인가? 아니면 혹독했던 가뭄과 장마 때문에 곤혹을 치러서인가? 그것도 아니면 점점 심해지는 유생들과 관원들의 횡포 때문인가? 계해년의 해가 밝았지만 백성들의 얼굴엔 수심만이 더욱 짙어 갔다. 그 신통하다는 토정비결을 보기 위해 나다니는 사람들도 별로 없었다.

초사흗날 이른 아침.

흥선은 부지런히 금관 조복27을 차려입었다. 며칠 전에 훈련대장 김병국으로부터 받아 온 1만 냥을 허물어서 당상관28의 조복을 빌려 왔던 것이다. 그는 문관 1품이었으니 공작이 수놓인 흉배29를 차고 구릿빛 초의를 걸칠 것이었다. 게다가 정일품 관을 쓰고 상아 홀대를 들고 보니 실로 감개가 무량했다.

---

27 금관 조복(金冠朝服): 조선 시대, 신하가 임금께 하례하거나 경사 때 입던 예복.

28 당상관(堂上官): 예전에, 정삼품 이상인 당상의 벼슬아치를 이르던 말.

29 흉배(胸背): 조선 시대, 왕족과 문무관이 입는 관복의 가슴과 등에 붙이던 수놓은 헝겊 조각.

원래 대군 직책으로는 궁궐 출입이 허락되지 않았으나 정월 초하루부터 초사흗날까지는 궁중 어른들께 세배를 드린다는 핑계로 궁중 출입이 자유로웠던 것이다.

'올해 계해년에는 대길몽이 현실로 도래할 것인가?'

때가 무르익었음을 감지한 흥선은 마음이 바빠졌다. 육십갑자로 보아 계해년은 역사를 만들며 굴러가는 커다란 수레바퀴의 마지막 점이 되는 셈이었다. '갑을병정무기경신임계'로 이어지는 10간30의 끝자락과 '자축인묘진사오미신유술해', 12지31의 마지막이 연결되어 '계해'가 되었으니, 내년이면 60년 만에 새로운 갑자년이 시작될 것 아니겠는가. '갑자, 을축, 병인, 정묘……' 이크, 이 시점이야말로 봉황이 날아오르는 대운이 도래한 시점이었다.

구종, 별배에게 하루 품삯을 주는 것과, 교가를 하루 빌려 타는 데에도 적지 않은 돈이 들었다. 황금빛 번쩍이

---

30 십간(十干): 육십갑자(六十甲子)에서 위의 단위를 이루는 요소. 즉 甲, 乙, 丙, 丁, 戊, 己, 庚, 辛, 壬, 癸를 말한다.
31 십이지(十二支): 지지(地支)를 달리 이르는 말. 그 수효가 모두 열두 개라는 데서 온 말로 子, 丑, 寅, 卯, 辰, 巳, 午, 未, 申, 酉, 戌, 亥를 말한다.

는 금관 조복을 입었으나 앞뒤에서 호위하는 하인들이 없으면 무슨 망신인가? 흥선은 어쩔 수 없이 구종, 별배로서 최소한의 인원인 여덟 명을 비산 품삯을 들여 샀던 것이다.

"자, 어서 대궐로 향하라. 십간, 십이지가 끝나는 올해에 내 고달픈 신세도 끝을 고하게 될 것이야."

운현동 흥선의 집에서 창덕궁까지는 장정들이 쉬지 않고 단숨에 뛰어서 갈 수 있는 지척 거리였다. 그러나 실로 오랜만에 금관 조복을 입고 교가에 앉아 흔들흔들 상체를 흔들며 가는 흥선은 지금 이런 순간이 만년이나 이어지길 바라고 있었다. 교가 위에 자그마한 화로를 얹어 놓았지만 그는 화롯불에 싹싹 비벼 가며 손을 쬘 위인이 절대 아니었다.

"어험, 바람마저도 시원하구나. 이 얼마나 좋은 날씨더냐?"

쓸데없는 상념 속에 빠져들어 있었던가. 교가의 행렬이 창덕궁 앞에 이르러서야 흥선은 정신을 가다듬을 수 있었다. 그는 임금의 죽음이 임박했음을 알아차렸고, 아울러 그의 아들 명복을 즉위시킬 가능성도 한껏 농후해졌음을 직감했다.

때가 무르익었으므로 그는 조 대비를 만나려고 창덕궁엘 찾아왔던 것이다. 익종 비인 조 대비와 어떻게든 연줄을 맺어서 명복을 왕위에 앉혀야 했다. 그동안 안동 김씨 세력권에서 벗어나기 위해 건달들과 나돌아다니고, 김씨 가문에 찾아가 구걸한 생각을 하면 기가 막힐 뿐이었다. 한시바삐 조 대비에게 하소연을 하자. 조 대비 역시 나와 마찬가지 신세 아니더냐. 대비 역시 김씨들의 세도에 짓눌려 지내는 처지 아니었던가.

흥선은 교가에서 내려 머리를 살짝 조아린 채 창덕궁 정문을 들어섰다. 그리고 대조전32 쪽을 향해 깊이 허리 굽혀 묵념의 예를 올렸다. 상감33에게 향한 예의의 표시였다. 원래 상감에게 먼저 세배를 올려야 마땅했으나 상감께선 앓고 있어서 문무백관들의 세배를 받을 수 없다는 통보를 이미 받은 상태였다.

이마저도 차라리 잘된 것이리라. 공연히 상감을 뵈옵는 자리에서 세도가들에게 허튼소리나 듣게 되면 그 또한 골

---

32 대조전(大造殿): 창덕궁 안에 있는 내전(內殿)의 정당(正堂)
33 상감(上監): '임금'을 높여 이르는 말.

칫거리 아닌가. 흥선은 걸음을 재촉하여 조 대비가 기거하는 대비전으로 갔다.

"대감마님, 오셨사옵니까?"

조 대비의 승후관[34]인 조성하가 그를 반갑게 맞았다. 흥선과 사돈 관계인 이호준의 사위라서 각별하기도 했지만, 흥선과는 비밀을 주고받을 정도로 이미 친분이 깊어 있던 그였다. 사실 정월 초사흗날인 오늘 아침나절에 세배를 오라는 조 대비의 분부도 이미 조성하를 통해 기별 받은 상태였다.

"대왕대비 마마, 흥선 대감 문후드리옵니다."

천 상궁의 목소리가 들려왔다. 천 상궁이 누구냐? 흥선과 망나니짓을 함께해 온 심복 천하장안 중의 한 명 아니더냐.

"어서 오세요, 대감. 격조[35]하였습니다."

"마마, 승후관을 통해 마마의 소식은 듣고 있었습니다만, 막상 뵈오니 막연하기만 하옵니다."

---

34 승후관(承候官): 예전에, 임금의 기거와 안부를 묻는 벼슬을 이르던 말.
35 격조(隔阻): 서로 오랫동안 소식이 끊기거나, 멀리 떨어져 있어서 서로 통하지 못함.

"나도 그렇다오, 대감."

조 대비는 입술을 지그시 깨물고만 있을 뿐, 아무런 말도 잇지 못했다. 흥선 역시 마찬가지였다. 조 대비를 만나게 되면 해야 할 말을 수없이 외웠으나 막상 조 대비의 안전36에서는 눈물만 흘러나올 뿐이었다.

"세배 받으시옵소서."

"그러시오."

조 대비의 주위에는 나인37들이 즐비했다. 만약 이곳에서 말 한마디라도 벙긋하고 잘못 내뱉었다가는 즉시 김좌근에게 보고될 터였다. 그러니 어쩌겠는가? 흥선은 눈물이 흥건한 채 조 대비에게 세배를 올릴 뿐이었고, 조 대비는 한숨과 함께 흥선의 모습을 내려다볼 뿐이었다.

"슬하에 자녀들은 건강하시오?"

"네, 마마. 명복이는 똑똑하게 잘 크고 있습니다."

이게 다였다. 조 대비는 자녀들이 건강한지를 물었고, 흥선은 명복이가 똑똑하게 크고 있다며 대답했다. 서로 엇갈

---

36 안전(案前): 예전에, 귀한 사람이 앉아있는 자리의 앞을 가리키던 말.

37 나인: 고려와 조선 시대, 궁궐 안에서 임금, 왕비, 왕세자를 모시고 궁중의 일을 맡아보던 여자를 통틀어 이르는 말.

리는 질문이요, 답이었지만 둘 사이에는 찌릿한 감정이 확실하게 오갔다.

대비전에 든 지 반 식경38도 지나지 않아 흥선은 물러 나왔다. 그는 되돌아오는 교가 위에서 내친김에 좀 더 진한 연극을 해야만 할 것이라고 생각했다. 흥선이 조 대비를 만났다는 사실 하나만 가지고도 그는 쥐도 새도 모르게 죽임을 당할지도 몰랐다.

김좌근을 비롯하여 김씨 일가들이 무릇 지천 아니던가. 영안부원군 대제학 김조순으로부터 그 아들인 하옥 대감 김좌근, 그의 딸은 순원 왕후, 손자는 좌찬성 김병기, 그 외에도 상감 초기에 영의정을 지낸 김흥근, 이조 판서와 좌우 의정을 지낸 김병덕, 영은부원군 김문근, 그의 형 김수근, 그의 아들이 대제학인 김병학, 그의 동생 김병국, 왕비의 오라비 김병필…… 세상을 쥐고 흔드는 이들은 모두 김씨였던 것이다.

그들은 한결같이 왕족들을 감시하고 경계했다. 그중 기

---

38 식경(食頃): 한 식경은 한 끼의 식사를 할 만한 시간으로 30분 정도를 말하므로, 반 식경은 15분쯤이다.

개 있는 인물로서 왕위 계승권자 후보로 물망에 올랐던 경원군 이하전을 떠올리기만 하면 흥선은 지금도 치가 떨렸다. 그는 젊은 나이에 억울하게 무고당하여 제주도로 유배되더니 급기야 사약을 마시고 죽임을 당하지 않았던가.

"여봐라. 행차를 다동으로 향하라."

다동이라면 다방골을 뜻했다. 다방골이라면 음률이 출중한 기녀 계월이나, 가무에 뛰어난 기녀 추선을 만나기 위해 흥선이 무진장 드나들던 술집들이 있는 동네였다.

흥선의 이 명령에 교가를 메고 달리던 구종, 별배들은 놀라지 않을 수 없었다. 세상천지에 들어 본 적도 없는 분부였다. 대궐에서 조회를 설 때에 갖춰 입는 조복 차림으로 기녀들을 만나러 가다니…… 공자가 무덤 속에서 벌떡 일어날 만한 분부였다.

"뭘 그리들 꾸물거리느냐? 내가 하루 품삯을 모자라게 쳐 주었더냐?"

흥선이 채근하자 구종, 별배들은 서로 눈치를 보아 가면서도 다동 쪽으로 방향을 틀어야만 했다.

"으하하하! 역시 대장부는 의관을 갖춰야 태가 나는 법이야. 나도 이만하면 장부 아닐쏜가? 간만에 차려입었으니 추선이나 찾아가 볼까?"

홍선은 기고만장하여 소리쳤다. 대감 행차를 피해 길가로 물러선 상인들에게도 모두 들릴 만한 큰 목소리였다. 추선이라면 홍선이 언젠가 갑사[39] 치마를 들치고 그 가랑이 사이를 기어갔던 다방골 기녀 아니던가. 그 이틀쯤 전에는 초월이란 기녀의 치마 밑을 기려다가 발길질을 당하기도 했던 일이 떠올랐다. 하지만 추선은 초월과 달리 마음씨가 비단결 같지 않았나.

'이제 내일 저녁이면 내 행동이 김가네 술안주로 접시에 오르겠구나. 실로 살아가기 힘든 나날일세.'

잔뜩 흥이 오른 모습으로 교가 위에 걸터앉은 홍선은 어깨춤을 추듯이 상체를 덩실거리기 시작했다. 그와 박자를 맞추어 요란하게 터지는 벽제 소리. 하긴 홍선을 다방골까지만 태우고 가면 하루 품삯을 받게 될 터이니, 흥이 돋을 사람들은 여덟 명의 구종, 별배들이었다.

"쉬이! 물렀거라!"

그렇게 계해년 초사흗날이 요란하게 지나갔다.

---

39 갑사(甲紗): 명주실로 짠 견직물의 하나.

4. 내가 가는 길이 왕도로다

계해년(1863년)은 철종이 즉위한 지 14년째 되던 해였다. 내년이면 갑자년이라 새 시대가 열릴 것이라는 기대에 백성들의 마음은 부풀어 있었다. 그러나 그해 2월, 금위영[1] 군졸들이 월급으로 받은 쌀이 형편없는 저질이라며 소란을 일으키면서부터 세상은 또다시 혼란스러워졌다.

왕조의 기운이 쇠약해졌기 때문일까? 몇몇 세도가들에 의해 좌우되던 왕조는 갈피를 잡지 못했다. 지난해 이맘때에 진주로부터 시작된 민란이 4월에는 익산, 개령으로 번져 가고, 5월에는 경상, 전라 각지로 퍼져 간 사실을 조정에서는 벌써 잊은 모양이었다.

하긴, 조정에서도 백성들의 원성을 잠재우기 위하여 '삼정이정청'[2]을 설치하는 등 그 해결책을 모색하려고도 했다.

---

1 금위영(禁衛營): 조선 시대, 서울을 지키는 군영을 이르던 말.

2 삼정이정청(三政釐整廳): 조선 철종 13년(1862) 5월에, 삼정의 문란으로 민란이 일어나자 이를 바로잡기 위하여 설치한 임시 관아. 성과를 거두지 못하고 그해 윤(閏)8월에 없앴다.

지방 관리들이 임의로 걷는 세금을 폐지토록 하고, 지나치게 군포3를 메기지 못하도록 했다. 쌀을 빌려주고 고리를 받는 환곡은 즉시 폐지하고, 그 대신으로 토지 1결4당 2냥씩 새로운 세금을 내도록 했다. 하지만 급히 만든 미봉책이었기 때문에 백성들의 불만은 더욱 커져만 갔다.

나라 안팎으로 변화가 몰아치는 격변기의 정점에 달한 모양새였다. 삼정 문란으로 민생이 도탄에 빠진 지 이미 오래되었고, 뜻하지 않은 홍수와 역질 등이 창궐해서 전국적으로 반란의 양상이 나타나기도 했다. 바닷가에는 서양의 이양선5이 출현하여 백성들은 공포에 떨었고, 안으로는 서학인 천주교가 깊이 퍼져 들어왔으므로 조정에서는 왕조의 질서가 흔들리는 것을 걱정하고 있었다.

백성들은 세상이 어지럽고 인심이 각박하게 된 것이 관리들이 하늘의 뜻을 돌보지 않기 때문이라고들 했으며, 조

---

3 군포(軍布): 조선 시대, 조세제도의 하나를 이르던 말.

4 결(結): 농토 면적의 단위로 1결은 지금의 약 3,000평에 해당한다.

5 이양선(異樣船): 이상한 모양의 배라는 뜻으로, 조선 말기에 연해에 출현했던 외국의 선박을 이르던 말.

정의 관리들은 동학과 함께 천주교라는 서학이 퍼지는 것이야말로 백성들 스스로가 구도의 길을 찾지 못한 결과라고 했다.

결국 조정에서는 '제병장생', 즉 아픈 이들의 병을 낫게 하고 오래오래 살 수 있으며, 곧 지상 낙원에 이를 것이라고 하여 민중들로부터 많은 호응을 받고 있던 동학 교주 최제우를 체포했다. 백성들의 허탈감은 더욱 짙어만 갔다. 60여 년 전, 순조 대왕 때 이미 300여 명의 천주교도를 처형한 바 있던 조정이었다. 신분제와 제사를 부정하는 등 기존의 사회 질서를 어지럽힌다는 이유로 천주교도들을 박해했다면 지금은 혹세무민, 백성을 속여서 세상을 어지럽힌다는 것이 그 이유였다.

그러나 세월은 무심히 흘러갔고 임금의 건강은 더욱 악화되기만 했다.

섣달 초파일. 계해년도 끝자락만 겨우 남겨 놓은 날. 아직 매서운 추위는 도달하지 않았으나 담장 아래마다 직전에 내린 눈이 녹지 않은 채 쌓여 있던 우중충한 날이었다. 저녁 무렵이었던가? 민가마다 저녁밥을 짓기 위해 솔가지를 태우던 중이었을까? 푸른 연기가 민가의 낮은 지붕을 타고 새어 나와 눈이 따가운 통에 흥선은 발걸음을 재게 놀리던 중이었다.

세모6를 앞둔 시점이라 거리는 제법 붐볐다. 장사꾼들은 60년 만에 찾아오는 새로운 갑자년을 기대하며 비단과 명주, 무명과 모시, 숯이며 장작, 종이, 생선, 그리고 곡식 따위를 달구지에 가득 싣고 소의 코뚜레를 끌어당겼다. 아무리 살기 힘들다 해도 설날을 앞두고 한양 도성 4대문 안, 운종가7에 몰려 있는 육의전8 시전9 상인들에게 물건을 대기 위한 소달구지는 줄을 짓고 있었다.

그때 저 멀리 내외어물전10앞에서부터 흥선을 향해 달려오는 두 사람이 있었다. 갓이 벗어지도록 뛰는 것으로 보아 무척 다급한 소식을 전해야 할 모양이었다. 앞서서 달려오는 자는 천하장안 중의 하나인 장순규였고, 그 뒤를 헐떡이며 쫓아오는 이는 다름 아닌 흥선의 사돈 이호준이었다.

---

6 세모(歲暮): 한 해가 끝날 무렵.
7 운종가(雲從街): 조선 시대, 한성의 거리 이름.
8 육의전(六矣廛): 조선 시대, 전매 특권과 국역 부담의 의무를 진 서울 종로의 여섯 시전.
9 시전(市廛): 조선 시대, 시가지에 있었던 큰 상점.
10 내외어물전(內外魚物廛): 조선 시대, 육의전의 하나. 내어물전과 외어물전을 합한 것이다.

"대감, 국상이 났습니다."

이호준은 흥선의 귀에 입을 대고 귓속말로 속삭였다. 장사꾼들이 득실대는 육의전 앞길에서 양반네들이 귓속말을 하는 경우는 드물었으나 지금 이호준으로서는 감히 목소리를 크게 낼 처지가 아니었다. 앞서 뛰어온 장순규도 아직 아무런 내막을 모르고 있는 듯싶었다. 그는 어물전 앞 좌판에 줄줄이 벌여 놓은 생선들을 흥미롭게 내려다보며 가쁜 숨을 가누고 있었다.

"그게 사실이오? 어찌 아셨습니까?"

"내 사위, 성하가 밀서를 보내왔소이다."

"아! 승후관이요?"

이호준의 사위 조성하의 직책은 승후관, 즉 대왕대비 조씨를 모시는 궁중 비서였다. 하지만 승후관이라는 직책에 앞서서 그는 대왕대비 조씨의 조카였다. 서로 이렇게 혈육으로 맺어진 사이에 흥선군이 놓여 있었던 것이다. 성씨는 달랐지만 흥선도 조 대비의 입장에서 보자면 6촌 시동생이었던 것이다.

"대감, 다리가 후들거립니다. 이제 우린 어찌해야 합니까?"

"여기서 어쩔 순 없지요. 일단 제집으로 가십시다."

"그러시지요."

둘은 더 이상 말이 없었다. 아니, 아무 말도 할 수 없었다. 날씨는 음산하면서도 제법 쌀쌀했지만 흥선의 움켜쥔 손에서는 식은땀이 흘렀다. 아무리 배포 좋은 척을 하려 해도 지금은 마음대로 되질 않았다.

"죽느냐, 아니면 사느냐! 이 모든 것이 오늘 밤에 달렸소."

집을 향해 바삐 걷는 두 사람의 마음은 산란하기만 했다. 흥선의 말대로 죽느냐, 아니면 사느냐의 결정이 오늘 밤 조 대비의 뜻에 달려 있었던 것이다. 한편으로는 수를 누리지 못한 상감이 불쌍하기도 했다. 때를 잘못 만나 뜨내기 왕족으로 태어나서 농사꾼도 못 되었고 제대로 된 왕 노릇도 하지 못했다. 강화에서 지게나 지던 그가 임금이 된 지 14년. 하지만 겨우 서른셋의 젊은 나이에 눈을 감았던 것이다.

"우리 명복이 어디 있소?"

흥선은 급하게 가죽신을 벗어 던지고 안방으로 들어갔다. 뒤따르던 조성하는 차마 안방으로 따라 들어가지는 못하고 마루에 걸터앉아 숨을 몰아쉴 뿐이었다. 장순규도 그제야 이상한 낌새를 눈치챘는지 두 눈을 껌벅이기만 하다가 천희연, 하정일, 안필주를 찾기 위해 밖으로 나섰다.

한편, 임금이 급서[11]했다는 전갈을 받은 조 대비는 드디어 올 것이 왔구나! 하는 마음이었다. 잠시 대비전 앞뜰을 산보하던 중이었는데 달려와 그 소식을 전한 이는 역시 조성하였다.

"대전마마께옵서 승하[12]하셨다니. 도대체 전의[13]는 무엇을 하고 있었단 말이냐?"

조 대비는 전의를 나무랐지만 이제 와 의원을 나무란다고 해서 죽은 목숨이 살아날 리 만무했다. 조 대비는 벌써 이틀 전부터 병실로 쓰이던 임금의 침전에 들어 병간호를 하고 있었다. 무언가 낌새를 맡은 김병학, 김병국 형제와

---

11 급서(急逝): '급사하다(갑자기 죽다)'의 높임말.
12 승하(昇遐): 임금이나 존귀한 사람이 세상을 떠남을 높여 이르는 말.
13 전의(典醫): 조선 말기, 궁내부의 태의원에 속하여 왕실의 의무를 맡아보던 의관.

김병기 등이 임금의 병문안을 빙자하여 후계자 문제를 거론하기 위해 병실에 드나들고 있었지만, 조 대비가 한시도 자리를 뜨지 않는 통에 기회만 엿보는 중이었다.

조 대비가 한시도 쉬지 않고 임금의 병간호를 맡아 보도록 한 것은 바로 흥선의 계략이었다. 김씨 가문의 일족들이 왕위 계승에 이견을 제시할 것이 불을 보듯 빤하기 때문이었다. 흥선은 대군으로서 직접 대궐 출입을 하기 어려웠으므로, 조성하를 통하여 부단히 연락을 취하며 조 대비에게 공을 들였던 것이다.

대비전과 병실로 꾸민 침전까지의 거리는 제법 멀었다. 그러나 국상이 났으니 유심히 귀를 기울여 보면 궁궐 내부에서 울려 나오는 구슬픈 통곡 소리를 들을 수도 있을 것이었다.

"후원을 거니시다가 그만…… 전의의 진맥을 받으실 겨를도 없었다 하옵니다."

"그러셨구나. 그러면 이제 무얼 어찌해야 할까?"

아무리 왕가의 큰 어른이라 해도 조 대비는 나약한 여인이었다. 당장에 무언가 중대한 결정을 내려야 하리라는 마음은 컸어도 무엇 하나 결정을 내리기가 힘들었다. 그저 막연히 떠오르는 인물이 운현궁 흥선군의 모습이었다.

"내 한시바삐 흥선군을 보고 싶구나. 어서 모셔 오거라."

조 대비는 이렇게 분부했다. 그러나 조성하는 도리질을 쳤다.

"아니 되옵니다. 지금은 초비상 시국이옵지요. 이 시점에 마마께서 흥선군을 맞으시면 금세 자객이 따라붙을 것입니다."

"그럼 어찌해야 하는가?"

"흥선군께는 이미 전갈을 보냈습니다. 그보다도 연전에 흥선군께서는 만일이 닥칠 경우를 대비하여 소인께 부탁해 놓으셨지요."

"그 부탁이 무엇인가?"

"사태가 터지거든 촌각을 다투어 옥새14부터 간수하라고 이르셨습니다."

"옥새부터 간수하라고? 옳다. 그 말씀이 지당하구나. 내 속히 병실로 돌아갈 테니 어서 채비하라."

---

14 옥새(玉璽): 임금의 도장.

비록 가까운 거리였지만 대왕대비 조씨를 태운 교가가 대비전부터 병실까지 달리는 동안에도 조 대비는 타들어 가는 입을 축이기 위해 연신 젖은 수건을 입가에 대고 있어 야만 했다. 어느새 안색은 창백하게 변해 있었다. 오늘 밤에 여자의 몸으로 큰 싸움을 벌여야 할 것을 잘 알고 있기 때문이었다.

상대가 누구던가? 일천이백만 백성들 모두를 상대한다 해도 이렇게 애를 태우진 않을 것이었다. 상대는 60년간 세도를 부려 온 김씨 일족이었다. 조정의 실권을 두루 잡고 있는 그들. 영의정 김좌근을 비롯하여 아들, 조카, 사위 등등 모두가 고관대작으로서 소식을 듣는 대로 입궐하여 계하에 나열한 채 마음에도 없는 곡소리를 내고 있을 터였다.

대궐 주변에는 호위영 군사들이 줄지어 도열해 있었고, 순라군[15]들은 삼엄하게 주위를 경계하는 중이었다. 대궐로 들어서는 문마다 줄지어 당도하는 척신들의 교가 때문에 체증이 생겨나는 중이었다. 근친, 외척은 물론 중신들을 비

---

15 순라군(巡邏軍): 예전에, 도둑이나 화재 따위를 경계하기 위하여 관할 구역을 순찰하는 일을 맡았던 군인이나 군대를 이르는 말.

롯한 비빈, 상궁, 나인들이 줄지어 통곡하기 시작했다.

대왕대비 조씨는 병실 앞에 무릎 꿇고 도열한 채로 오열하고 통곡하는 신하들을 향해 엄숙하게 선언하기 시작했다. 상감이 이미 이 세상에 없으니 궁궐의 제1인자인 대왕대비로서 의식과 전례를 갖추고자 했던 것이다.

"상감께서 승하하셨음을 지체 없이 백성들에게 알리시오. 그리고 지금부터는 정원용 대감이 모든 중신들을 지휘하여 막중한 국상을 도맡아 치르시오. 또한……."

조 대비는 불안했다. 사면초가와도 같은 전장에 홀로 남겨진 심정이었다. 한 나라의 국모로서 막중한 임부를 자행하는 시점이건만 적진 사방에서 수백 발의 화살이 날아와 온몸에 박히는 것만 같았다. 그러나 조 대비는 흥선의 부탁을 결코 소홀히 하지 않았다.

"상감께오선 이미 세상을 버리셨소. 하지만 언제까지나 슬픔에만 잠겨서 국사를 손 놓을 수 없소. 보좌는 한시라도 비울 수 없는 법. 그러나 새로운 상감을 맞기엔 며칠이 될지 몰라도 당분간의 시일이 걸릴 것이오. 하여, 그 시일 동안에 이 몸이 정중히 옥새를 보존코자 하오."

실로 추상같은 선언이었다.

순간 김씨 일문의 대신들은 얼굴빛이 흑색으로 변해 버렸다. 아뿔싸! 옥새를 잠시 보존한다는 것은 정권을 잠시나마 차지한다는 것과 동일한 의미였다. 그러나 국상을 당하여 꿇어 엎드린 채 곡성을 내던 중에 '그래서는 아니 되옵니다!' 하며 반대 의견을 낼 수도 없었으니 실로 난감한 일이었다.

'드디어 해냈구나.'

잠시 두 눈을 질끈 감았다가 뜬 조 대비는 천천히 주위를 둘러보며 분위기를 파악했다. 김씨 일족들은 당황하고 있었지만 원상16을 맡도록 한 정원용과 풍양 조씨의 원로인 조두순의 모습이 보여 그나마 안도의 숨을 쉴 수 있었다. 흥선군이 나타나 주기까지는 그래도 그들이 든든한 지원자가 될 수 있었기 때문이다.

---

16 원상(院相): 임금이 죽었을 때 임시로 맡는 왕 권한 대행 벼슬.

곧 구슬픈 나팔 소리가 울려 퍼지기 시작했고, 그를 신호로 하여 문무백관들이 오열하는 통곡 소리가 사방으로 퍼져 나갔다. 조 대비는 김씨 형제들을 위시한 고관들 그리고 귀족 원로들이 무어라 반발하기 전에 여자 관리에게 명하여 옥새를 받쳐 들고 황급히 대비전으로 돌아갔다.

창덕궁에서 이런 일이 벌어지고 있는 동안 다급히 집으로 돌아온 흥선은 여전히 긴장을 풀 수 없었다. 그는 천하 장안 네 명의 심복을 불러 집 주위를 호위하도록 했다. 아직 무슨 일이 어떻게 변하여 돌아갈지 모르는 상황이었으므로 그들 네 명 외에도 청지기와 심부름시키던 어린 사동17까지 총동원하여 담장 안쪽을 밤새워 지키도록 명령했다. 그리고 그날 밤이 되어서야 흥선은 비로소 안방에 들어 부인 민씨와 마주 앉을 수 있었다. 생각해 보면 숨 가쁜 저녁나절이었다.

"부인도 어쩌면 짐작하고 있었을 것이오. 좀 전에 임금께서 승하하셨소이다. 그러니 이제 우리의 운명이 결정 날 시간도 얼마 남지 않았소. 하지만 이제부터는 내가 할 일이

---

17 사동(使童): 관청이나 회사, 학교, 영업처 등의 사무실에서 잔심부름을 하는 아이.

아무것도 없소. 그동안 고생 많았소이다.”

홍선은 비장하게 말했다. 이제부터 아무런 일도 할 수 없다는 말은 곧, 더 이상 비렁뱅이, 망나니짓을 하지 않아도 된다는 뜻이기도 했다. 그러나 목숨을 잃을 수 있다는 말이기도 했다.

“결정이 잘못 나면 대감도 경원군을 따라가시는 건가요?”

“그건 이미 각오한 바요.”

부인 민씨 역시 비장했다. 경원군이란 도정 이하전을 칭하는 말이다. 그는 벗들과 한강에서 뱃놀이를 한 죄로 역모에 몰려 제주도로 유배당했다가 곧이어 사사되었다[18]. 놀잇배 안에서 왕으로 추대되어 모반했다는 죄를 덮어쓴 것이다. 모두가 이하전이 똑똑한 왕손이기에 목숨을 잃게 된 결과였다.

“하오면 우리 재면이와 명복이는 장차 어찌 될 것입니까?”

“운명에 따를 수밖에. 앞으로의 일은 나도 모르오. 어쨌

---

18 사사(賜死)되다: 죽일 죄인이 대우받아 임금이 내린 독약으로 스스로 죽다.

거나 물 한 동이쯤 데워서 애들 목욕이나 시켜 놓도록 하시오. 특히 명복이는 자기 전에 잘 씻기고 잘 먹이면 좋겠소. 어찌 결정이 나든 명복이와 우리는 이별을 하게 될 테니 말이오."

여태까지는 술주정뱅이, 망나니 노릇으로 김씨네 눈을 피해 왔지만, 오늘 저녁에 조 대비가 옥새를 확보하지 못하는 날엔 그는 죽은 목숨이나 다름없다는 사실을 에둘러 전하는 말이었다. 옥새를 놓고 다툼을 하노라면 조 대비로부터 조성하와 이호준으로 이어지는 밀약 관계가 만천하에 드러날 판인데, 관계만 드러나고 옥새를 확보하지 못하게 되면 흥선, 이호준, 조성하 순으로 목이 날아갈 판이었으므로.

그러나 조 대비가 옥새를 확보한다면 사태는 반전될 것이다. 대비전 주위에 숱하게 숨어 있을 첩자들이 두려워 대놓고 말씀을 전해 들은 바는 없지만 연초에 세배 드리러 갔던 날, 흥선을 지그시 내려다보던 조대비의 눈빛을 그는 아직도 잊지 못하고 있었다. 조 대비는 그날 흥선의 둘째 아들 명복이가 건강하게 잘 자라고 있음을 확인하지 않았던가.

"죽어서 이별하나, 입궐하게 되어 이별하나 결국은 마찬가지 아니겠소?"

"입궐…… 우리 명복이가 귀하신 몸이 된다는 말씀이지요?"

그날 밤, 흥선과 민씨 부인은 잠을 이룰 수 없었다. 아무리 허세를 부리려고 해도 입이 타고 가슴이 뛸 뿐이었다. 심지어 숨도 제대로 쉬기 어려웠다. 온 식구가 죽임을 당하느냐, 아니면 지존의 자리에 오르느냐가 오늘부터 불과 이삼일 안에 결정 날 판이었다.

그렇게 숨 막히는 시간이 흐르고 섣달 열사흘 날 아침이 밝았다.

대왕대비 조씨는 드디어 창덕궁 중회당으로 원로대신들의 조회 참석을 명했다. 그동안에도 당대의 권문은 물론 학자들까지 후계로 들어설 새로운 왕의 선택 문제로 시끄러웠다. 그러나 조 대비가 대비전의 문을 걸어 잠근 채 침묵하고 있었으므로 감히 그 누구도 조 대비에게 조언을 하지는 못했다.

조 대비의 소명을 받은 신하들은 국상 중이었으므로 흰 포를 두른 조복 차림으로 속속 입궐했다. 품계에 따라 열석한[19] 중신들 중에서도 김좌근, 김흥근을 비롯하여 김병학, 김병국 형제의 표정엔 긴장감이 역력했다. 원상을 맡은 정원용은 벌써 힘이 소진되었던지 눈언저리와 입술이 잔뜩 부르튼 형국이었다.

그 많은 중신들 중에 누구 하나도 입을 여는 이가 없었다. 심지어 목소리를 가다듬기 위해 나직하게 기침을 하는 이조차 없었다. 회당 밖에서 삼엄하게 경계를 펴고 있던 무예청20 군사들도 조회 시작을 알리는 예종21 소리에 동작을 멈추었다.

오로지 정적만이 감도는 순간에 왕실의 가장인 조 대비가 발을 드리운 황금빛 어좌22 뒤편으로 들어서서 근엄하게 자리에 앉았다. 이제부터 역사에 남을 무시무시한 회합이 시작되는 것이었다. 이 자리에서 누가 감히 왕통의 서열을 논하며 가부를 제시하겠는가.

영의정도 아무런 의견을 제시하지 못했다. 좌찬성 김병기도 아무런 의견을 내놓지 못했다. 자기네들이 좌지우지하던 선왕이 이미 승하하셨는데, 이제 누굴 믿고 이런 막중

19 열석(列席)하다: 식장이나 회의장 등에 참석하다.
20 무예청(武藝廳): 조선 시대, 왕을 호위하는 일을 맡아보던 관청.
21 예종(豫鐘): 어떤 내용을 미리 알리는 종소리.
22 어좌(御座): 임금이 앉는 자리.

한 일을 함부로 발설할 수 있을까. 모두들 숨조차 제대로 쉬지 못했다. 다만, 조 대비로부터 이미 언질을 받은 조두순이 발언할 뿐이었다.

"마마, 왕통을 책정하는 일에 절대로 주저해서는 아니 되올 것입니다. 하오니 종실 중에서 능히 대통을 이을 수 있는 공자23로 하여금 대명을 받도록 해 주시옵소서."

이에 기다렸다는 듯이 조 대비는 추호의 망설임도 없이 지시를 내렸다.

"흥선군의 적자 중에서 둘째 아들 이명복으로 하여금 익종 대왕의 대통을 계승하도록 하라!"

조 대비의 지시가 내린 순간 김씨 일족을 위시한 중신들은 정신이 아득해질 수밖에 없었다. 안중에도 없었던 파락호 흥선군의 아들로 대통을 잇다니! 참다못한 김홍근이 모두를 대표하여 항변했다.

"비록 흥선군이 시정잡배들과 어울리고 주색에 탐닉하여 왕실의 체통을 더럽힌 것쯤이야 불문에 부친다 하더라도

---

23 공자(公子): 지체가 높은 집안의 나이 어린 아들.

흥선군의 자제로서 대통을 잇게 하면 살아 있는 임금의 아버지 흥선군은 어떻게 예우해야 하옵니까? 자고로 역사에 없는 일로써 자칫하면 한 나라에 두 임금이 생기는 결과이니, 마마 통촉하시옵소서."

분위기가 이렇게 전개되려 하자 원상 정원용이 불쑥 앞으로 나섰다.

"이미 대통은 계승되었사옵니다. 그러하오니 마마, 새로운 임금 책립을 천하에 알리는 교서24를 속히 내려 주시옵소서."

조 대비와 승후관 조성하, 그의 사위 이호준을 통해 이어진 흥선의 계략은 주도면밀했다. 흥선의 밀명을 받아 조성하는 언문으로 쓴 교서를 미리 준비하여 조 대비에게 전달해 놓았던 것이다.

"원상과 도승지는 들으시오. 여러 백관들을 거느리고 운현궁으로 나아가 새로운 왕이 되신 익성군을 궁궐로 영입토록 하시오! 봉영25 대신으로는 영의정이 나아가고, 봉영 승지로는 도승지가 나아가시오."

---

24 교서(敎書): 왕이 신하, 백성, 관청 등에 내리던 문서.
25 봉영(奉迎): 귀인(貴人)이나 덕망이 높은 사람을 받들어 맞이함.

황금빛 어좌 뒤로 길게 드리워진 비단발 사이로 문무백관들을 내다보며 조 대비는 드디어 추상같은 명을 내렸다. 어명과 다를 바 없었다.

대원군이란 임금에게 대를 이을 자손이 없을 경우, 방계26로서 왕위를 이은 임금의 친아버지에게 주던 벼슬이다. 창건 후 조선 역사가 이어 내려온 이래로 임금의 살아 있는 아버지가 대원군으로 봉인된 적은 없었다. 전무후무하게 오로지 한 명, '흥선 대원군'은 그렇게 세상에 이름을 드러냈다.

그날, 정오가 되기도 전에 새로운 왕을 모실 봉영 행차가 창덕궁의 정문인 돈화문 밖으로 나섰다. 원상 정원용과 도승지 민치상은 조 대비의 명에 의하여 새 왕을 모시는 봉영을 맡았다. 창덕궁에서 구름재까지 이어진 길가 양옆으로는 수많은 군사들이 깃발을 펄럭이며 도열해 있었다. 흥선군의 집에는 이미 백 명을 넘어서는 군사들이 신 왕의 경호

---

26 방계(傍系): 자기와 같은 시조에서 갈라져 나간 다른 계통.

를 펴는 중이었다.

홍사 초롱으로 장식된 채여27를 걸머진 무감28들의 뒤를 따라가는 동안 정원용과 민치상은 교자 위에 지그시 눈을 감은 채 앉아 있었다. 그 뒤로는 초조한 행색으로 올라앉은 영의정 김좌근이 따르고 있었다. 앞으로 이 세상은 어떻게 변하게 될지 그들이 가늠하기는 어려웠다. 다만 반세기 이상을 계속해서 권력을 독점해 오던 김씨들의 권력 구도가 산산이 깨질 것이란 짐작은 능히 할 수 있었다.

천희연, 하정일, 장순규, 안필주 네 명의 이른바 건달들이 그중 신이 나 있었다. 그들은 창덕궁으로부터 흥선군 집에 이르기까지의 큰길을 벌써 몇 차례나 왔다 갔다 뜀박질을 해 대는 중이었다.

---

27 채여(彩轝): 왕실 의식 때에 귀중품을 실어 옮기던 기구. 교자(轎子)와 비슷한데, 꽃무늬가 채색되어 있고, 채가 달려 있어 앞뒤에서 두 사람이 메게 되어 있다.
28 무예별감(武藝別監): 조선 시대에, 궁궐 문 옆에서 숙직하거나 왕을 호위하는 일을 맡아보던 군관 또는 관아.

"교가를 멘 무관들이 벌써 구름재 비탈을 내려오는 중입니다요."

"백말이 여덟 마리나 줄지어 오는뎁쇼? 임금님이 타실 보련[29] 앞뒤로 호위하는 군사들이 새카맣게 이어져 오는걸요?"

천하장안 네 명의 건달들이 이렇게 뛰어다니며 흥선에게 보고를 했다. 흥선은 초조하게 봉영 행차를 기다리면서도 이제는 그들에게도 말단 보직이나마 한 자리씩 내어 줘야 할 것이란 생각을 했다.

구경꾼들도 이미 구름처럼 모여들었다. 호위하는 군사와 구경꾼들로 걸음을 내딛기 어려웠지만 천하장안 네 명은 그들 사이를 잘도 헤집으며 뛰어다녔다. 잠시 후에 나팔 소리와 함께 붉은 도포를 입고 황금색 초립을 쓴 별감들의 모습이 보이더니 곧 익성군 이명복이 임금이 되어 타고 갈 보련이 들이닥쳤다.

---

29 보련(寶輦): 옥교와 같은 말로, 위를 꾸미지 않고 만든, 임금이 타는 가마.

흥선은 정중히 그들을 맞았다. 비록 집은 황폐하여 대문이 반쪽이나 부서진 지경이었으나 관복을 갖춰 입고 그 행차를 맞아들이는 흥선의 모습은 당당했다.

"대원위대감! 이 늙은 신하가 다행히도 새 시대를 맞아 새로운 군왕을 모시게 되었습니다."

원상 정원용이 보련 아래로 꿇어앉아 4배를 올린 후에 말했다. 그러자 예를 갖추어 새 옷으로 단장한 명복이 원상 앞으로 모습을 드러냈다. 어머니 민씨는 이제 다시는 보기 어려울 아들 명복을 끌어안고 등을 쓰다듬으며 눈물을 머금었다.

"이 어미의 목소리를 듣는 것도 오늘이 마지막입니다. 상감!"

흥선의 둘째 아들 명복이 이제 천하의 군주가 되었으니 여태껏 동네 어린아이로만 그를 대하던 마을 사람들은 새 임금을 살펴보며 놀라기도 하고 감격의 눈물을 흘리기도 했다.

명복이 입궐하자 그날로 이명복은 '흥복군'에 봉해짐과 동시에 '조선 제26대 왕'으로 추대되었다. 대왕대비 조씨는 일단 조두순을 섭정 대리로 임명해 수렴청정 체제를 갖추고, 조정의 인사부터 맡아 보도록 했다. 아울러 흥선군을 '대원군'으로, 흥선군의 부인 민씨를 '부대부인'으로 봉하고, 흥선군이 살던 저택을 '운현궁'으로 명명토록 했다. 안동 김씨 일족이 배제당하고 풍양 조씨의 새로운 세도 정치 시대가 열리는 순간이었다.

그리고 곧이어서 대왕대비 조씨는 섭정의 대권을 흥선 대원군에게 위임시켰는데, 이로써 새로운 임금을 대신한 흥선 대원군은 그토록 원하던 권력을 틀어쥐고 제 의지대로 조선이란 나라의 정사를 맡아 보게 된 것이다.

대원군은 섭정을 하면서 안동 김씨들부터 몰아내고 아울러 뛰어난 인재를 등용하기 시작했다. 대원군은 영의정 조두순에게 명하여 새로운 내각을 구성했는데, 언젠가 북촌 술집에서 흥선의 뺨을 갈긴 무관 이장렴을 잊지 않고 기억했다가 '금위대장'으로 임명했다. 당시에는 분노하였지만 하늘 같은 왕손의 뺨을 갈긴 무인으로서의 당당한 기개를 높이 샀던 것이다.

새로운 내각에서 안동 김씨 일파는 오직 김병학 한 사람만 우의정으로 기용했다. 흥선의 꼴이 비렁뱅이와 다름없던 시절인 한 해 전 세밑에 무려 1만 냥을 내주었던 김병국의 친형이기도 했지만 오랫동안 세상을 쥐고 흔들었던 김씨네의 세력을 이용하기 위한 포석이기도 했다.

정권을 장악해 실세로 등장한 대원군의 위세는 엄청났다. 그러나 대원군은 오랜 세월에 걸쳐 수난을 받으면서 나름대로 단련된 정치가의 자질을 품고 있었다. 게다가 새로운 내각으로 진용을 꾸몄으니 이제부터는 어수선한 민심부터 수습해야 할 터였다. 따라서 흥선 대원군은 새로운 정치 개혁안을 발표했다.

우선 서원을 철폐하기로 했다. 서원을 근거지로 한 유생들이 세를 몰아 함부로 수령이나 방백들의 정치를 규탄하는가 하면, 양민들의 재산을 함부로 빼앗으며 강도질을 하곤 했으니 그 근본을 뿌리 뽑기 위해서라도 전국에 산재해 있는 서원을 모두 철폐해야만 했다.

기억하는가? 화양서원 만동묘에서 말단 직책인 수복에게 발길질을 당하여 계단에서 굴러떨어진 일을. 그리고 떼를 지어 몰려나온 유생들에게 얼마나 심한 몰매를 맞았던가. 흥선 대원군은 그 일을 떠올리기만 해도 치가 떨릴 지경이었다. 더구나 매 맞는 모습을 지금 왕으로서 지존에 오른 아들에게 고스란히 보여 주질 않았던가. 하물며 억울함을 호소했던 성균관 장의에게도 망신을 당하고야 말았으니 흥선에겐 원한이 깊을 따름이었다.

"네 이놈, 그동안 만동묘는 잘 지켰느냐?"

지난날 만동묘에서 당한 굴욕을 기억하고 있던 대원군은 당시에 자신에게 발길질해 대었던 만동묘 장의와 묘지기를 청주에서 잡아 올렸다. 그러자 운현궁 마당에 끌려온 장의는 사시나무 떨듯 덜덜 떨기만 했다.

"죽을죄를 지었나이다."

만동묘 장의는 빌고 또 빌었다. 그러자 흥선 대원군이 만면에 웃음을 띠며 이렇게 말했다.

"네가 만동묘를 그토록 열심히 지켰으니, 어디 만동묘에 묻혀 있는 명나라 의종이 지금 너를 지켜 줄 수 있는지 보자꾸나. 만약에 의종이 제 혼백을 모시는 묘지기조차도 지켜 주지 못한다면 무엇에 쓰겠느냐? 그러니 그따위 사당은 부숴 버리자. 그리고 네놈도 그 의종을 따라서 오늘 죽어 버려라."

이렇게 훈계를 한 흥선 대원군은 그날로 만동묘 장의와

묘지기를 물고에 처하여 죽이고야 말았다.

대원군은 서원을 철폐하고 인재를 등용한 이후부터 양반과 천민으로 층층이 나뉜 신분 제도를 없애기 위해 노력했다. 골이 깊은 신분 제도를 하루아침에 없애기는 힘들었으므로 상류층의 횡포를 막기 위해 엄히 법으로 다스리곤 했다. 그는 과거에 자신이 천하게 대접받았던 설움을 곱씹으며 하층민들의 신분이 자자손손 세습되는 도탄에서 구하기로 작정했던 것이다.

그뿐만이 아니었다. 대원군은 백성들에게만 부과되던 납세 제도를 바꿔 전 계층이 세금을 내도록 했고, 농민 구제책을 널리 펴서 나라 경제를 정비했다. 또한 병사를 널리 모집하고 병영을 새로 건설하여 국방 개혁을 이루었다. 그리고 나라의 재정을 늘려 소실된 경복궁을 재건하기에 이르렀다.

한편, 격변기에 놓여 있던 조선 말기의 정치가로서 흥선대원군은 외세를 배척하는 봉건사상으로 인해 병인양요30와 같은 충돌을 일으키기도 했고, 8천여 명에 이르는 천주교 신자들을 학살했으며, 경복궁 재건에 너무 무리하게 힘을 쏟아 나라 재정을 탕진하는 폐해를 불러오기도 했다. 하지만 그는 파란만장한 젊은 시절을 인내와 지략으로 겪어 냈으며 거의 불가능했던 정권을 장악한 뒤에는 일대 혁신적인 정책을 펼쳐나간 개혁 정치가였다.

가히 조선의 대장부로서 조선의 정치사를 관통했던 흥선대원군은 정치적 공과를 떠나 파란만장한 삶을 살아 낸 인물이었다. 1898년 그의 나이 78세를 일기로 사망했으며, 광무 11년인 1907년에는 '대원왕'으로 추봉[31]되었다.

---

30 병인양요(丙寅洋擾): 1866년에 흥선 대원군의 천주교 탄압 사건에 대한 보복으로 프랑스 함대가 강화도에 침범한 사건.
31 추봉(追封): 죽은 사람에게 관작을 내림.

소설 흥선 대원군 해설

흥선 대원군을 알기 위해서는 철종 시대(재위 기간 1849년 6월~1863년 12월, 14년 6개월)의 주변 상황부터 들여다볼 필요가 있다.

강화 도령[1]이라고 불리던 철종 대는 세계가 전환기에 들어선 무렵이었다. 유럽을 위시한 각지에서 크고 작은 전쟁들이 벌어졌고, 신무기를 확보하여 막강한 힘을 지니게 된 열강은 식민지를 확보하거나 작은 나라들을 합병해 나갔다. 서로가 자국의 이권을 얻어 내기 위해 치열한 각축을 벌이는 이른바 제국주의적인 침략주의가 행해지던 시대였다. 철종의 재위 기간과 꼭 겹치는 14년 동안 가장 든든한 지원국으로 믿고 있던 청나라도 '태평천국의 난'(1850~1864년)이라는 대규모 내전을 치르게 된다. 이를테면 만주족 황실이라 할 수 있는 청나라 조정과 기독교 사상을 기반으로 한

---

1 강화도령: 조선왕조 25대 왕 철종(哲宗)이 왕으로 즉위하기 전, 강화도에서 평민이나 다름없이 살았던 시절을 빗대어 부르던 호칭.

종교 국가 태평천국과의 전쟁이었다.

전쟁을 치르는 동안 태평천국군은 최소한 한 번 이상 중국의 전 지역을 무력으로 휩쓸었다. 그것은 명나라와의 전쟁 이래로 중국 역사상 가장 큰 전쟁이었으며, 인류 전체 역사를 통틀어도 가장 유혈 낭자한 내전 중의 하나로 손꼽힌다. 난리 중에 죽은 자만해도 2천만~7천만 명 이상으로 추산되며 난민들도 수백만 명에 달했다.

그런 까닭에 극심한 혼란 정국에 빠지게 된 청나라는 서구 열강들에게 숱한 이권을 넘겨주게 되는데, 그 와중에 베트남과 캄보디아마저 열강의 식민지가 되었으나 일본은 그들과 화친을 맺어 근대화의 길로 들어서게 된다. 국내에는 이미 프랑스 선교사의 선교 활동으로 천주교가 전파된 후였고, 러시아는 연해주2를 점령하여 두만강 유역에서 잦은 문제를 일으키던 중이었다.

1863년 12월, 고종3은 12세의 어린 나이에 철종의 뒤를

---

2 연해주(沿海州): 러시아 영토로 두만강 위쪽 동해에 인접해 있는 지역.

3 고종(高宗): 조선 제26대 왕, 대한제국 초대 황제. 훗날 흥선대원군(興宣大院君)으로 불린 이하응(李昰應)과 부인 여흥 민씨 사이의 둘째 아들. 본명은 이재황(李載晃), 아명은 이명복(李命福)이다.

이어 왕으로 즉위했다. 당시 조정은 안동 김씨들의 세력 하에 있었다. 김씨 문중은 순조 이후 반세기 이상을 계속해서 권력을 독점해 오던 상태였다.

신정왕후 조씨[4]는 이 기회에 김씨들이 차지한 권력 구도를 깨뜨리기 위해 '흥선군 이하응'과 손잡고 그의 아들을 왕위에 앉히는 데 성공한다.

이 소설에서는 이하응이 자신의 둘째 아들 '명복'[5]을 왕으로 만들기 위하여 치밀하게 계략을 짜고 행동하던 시점의 이야기를 주로 다루었다.

안동 김씨 세력으로부터 벗어나기 위해 비렁뱅이, 건달 등으로 행세하며, 심지어 구걸까지 하는 호신책으로 목숨을 보존하고, 드디어 목적을 달성하기까지의 드라마틱한 과정을 생생히 묘사하고 있다.

외척의 날뜀 속에서 자신의 본래 모습을 감추고 10년이 넘도록 천한 모습으로 철저히 위장하기란 결코 쉬운 일이 아닐 것이다. 생명을 보존하기 위해 왕족으로서의 명예를

---

4 신정왕후 조씨: 헌종의 모친이며 효명 세자의 처.
5 명복: 왕(高宗)으로 즉위하기 이전 흥선 대원군의 둘째 아들.

헌신짝처럼 버린 것도 놀라울 판인데, 다른 한편으로는 천민들과 함께 휩쓸리며 그들의 어려움을 몸소 겪고 살펴보았던 야심만만한 이하응이란 인물을 소설 속에 되살려 보고자 했던 것이다.

1863년 12월, 철종이 승하6하자 조 대비는 이하응의 둘째 아들 명복을 양자로 삼아 '익종'7의 후사를 잇도록 한다. 이 대목에서 역시 안동 김씨들로 인해 모진 설움을 겪었던 조 대비 자신이 수렴청정8을 하기 위하여 무리수를 둔 것이라는 설도 있으나, 이 소설에서 그런 이면까지는 다루지 못했다.

이하응의 가계는 정조 대왕의 이복동생인 '은신군'으로 거슬러 올라간다. 사도 세자의 서자이기도 한 은신군은 어찌 되었건 역모로 몰려 죽었으니 당시로써는 그리 내세울 만한 조상은 아니었을 것이다. 그러나 은신군은 나중에 복

---

6 승하(昇遐): 임금이나 존귀한 사람이 세상을 떠남을 높여 이르는 말.
7 익종(翼宗): 조선 순조의 세자(1809~1830). 아들인 헌종이 즉위한 뒤에 익종으로 추존되었다..
8 수렴청정(垂簾聽政): 예전에 나이 어린 임금이 즉위했을 때 왕대비나 대왕대비가 그를 도와 국사를 돌보는 일을 이르던 말.

권되어 상실한 권세를 다시 찾았고, 먼 가지의 왕손을 입양하여 대를 잇게 된다. 그렇게 입양된 자가 흥선군의 아버지인 '남연군'이었으니, 이를테면 그의 아들 흥선은 뜨내기 왕족이라 할 수 있었다.

명목상으로 익종의 뒤를 이은 명복이 왕으로 집권하자 조 대비는 수렴청정을 시작했다. 하지만 버젓이 살아 있는 임금의 아버지 흥선군을 어떻게 예우해야 할지가 중요한 국가적 차원의 일이 되고 말았다. 새로운 왕이 등극하기 이전에 왕의 아버지는 이미 죽었어야만 했다. 이런 경우는 여태까지의 조선 역사를 견주어 보아도 전례가 없는 일이었다.

조 대비는 흥선군 이하응을 '흥선 대원군'으로 봉하고, 섭정[9]의 대권을 그에게 위임하고야 만다. 이로써 왕을 대신한 흥선 대원군은 향후 10년에 이르도록 막강한 권력을 쥐고 자신의 뜻에 따라 조선이란 나라를 운영하게 된다.

흥선 대원군은 정권을 장악하자 내부적으로 왕권을 탄탄

---

9 섭정(攝政): 임금이 직접 통치할 수 없을 때에 임금을 대신하여 통치권을 맡아 행함.

히 재확립시키고자 과단성 있는 정책을 펴나갔다. 왕권을 강화하기 위하여 많은 국가 기구를 재정비했으며 의정부와 3군부를 부활시켜 정치와 군사를 분리시켰다.

'대원위대감'으로 불리던 그의 위엄은 대단했다.

당색과 문벌을 초월해서 신분 귀천이나 파벌을 가리지 않고 인재를 등용하는 혁신적인 인사 정책을 펴나갔다. 아마도 이는 자신이 비렁뱅이 노릇을 하던 시절, 세도 대감들로부터 당해 온 천대와 설움을 잊지 않았기 때문이었을 것이다.

한편 당쟁의 근거지가 된, 그리고 언젠가는 당쟁을 다시 일으킬 수 있는 근거지인 사원을 철폐하였고, 전국에 산재하여 가렴주구10를 일삼던 탐관오리들을 처벌했다. 당시에 국가 재정을 축내고 있던 서원들 600여 개소를 철폐하고 도산서원, 소수서원 등 47개소의 서원만을 남겨 놓았던 것이다.

---

10 가렴주구(苛斂誅求): 여러 명복의 세금을 가혹하게 억지로 거두어들여 백성의 재물을 무리하게 빼앗는 일.

키가 5척에 불과했던 단신 흥선 대원군은 양반들의 기강 확립을 위하여 길게 늘어뜨리고 다니던 도포 자락을 무릎 위로 짧게 자르도록 명령했다. 길게 잡고 거들먹거리며 피워 대던 장죽 담뱃대도 짧게 자르도록 했다. 또한 큰 갓도 작고 짧게 고쳐서 쓰도록 하는 등 새로운 시대에 맞추어 새로운 정신 개혁을 시도하기도 했다.

흥선 대원군은 그 이후에도 추락한 왕권을 회복한다는 명분하에 경복궁을 중건하였으며, 그에 필요한 기금을 마련하고자 '당백전'이라는 악화를 발행하여 많은 경제적 혼란을 야기하기도 했다. 대공사를 위하여 어쩔 수 없이 수많은 백성을 토목 공사장으로 끌어내다 보니 백성들은 물론 양반들에게까지 큰 원성과 비난을 받기도 했다. 또한 이 소설에서는 다루지 않았지만, 흥선 대원군과 고종, 그리고 왕비인 중전 민씨11와의 사이에는 정치적 색채를 띤 세력들의 다툼과 패권을 차지하기 위한 지대한 갈등이 얽혀있었다.

---

11 중전 민씨: 조선 26대 왕 고종의 비. 고종이 황제로 즉위한 이후에는 명성황후(明成皇后)라 칭해졌다.

중전 민씨는 후일 고종이 황제로 즉위한 이후에는 명성황후(明成皇后)로 칭해졌는데, 이전의 왕비들과는 확연히 다른 방식의 삶을 살아간 왕비였다.

예전에도 역사상 권력을 쥔 왕비들은 여럿 있었으나 그 왕비들은 지아비인 왕이 죽고 난 뒤에 아들이나 손자를 왕으로 내세우고 수렴청정을 하기가 고작이었다. 그러나 명성황후는 지아비인 고종이 국정을 수행하는 데에 가장 많은 도움을 준 의논 상대였으며 아울러 권력의 중심에 서 있던 인물이었다.

명성황후는 여흥 민씨 '민치록'의 딸로 여주에서 태어났다. 어렸을 때 이름은 '자영'이었는데, 지방관과 중앙의 중간관리 벼슬자리에 있던 아버지 민치록은 훗날 명성황후가 되는 딸만 남긴 채 이른 나이에 세상을 떴다.

1866년 3월 20일, 흥선 대원군은 창덕궁에서 택비례(擇妃禮)12를 치르고 그다음 날인 3월 21일, 자신의 집 운현궁에서 친영례(親迎禮)13를 치름으로써 혼인 절차를 끝내고 민

---

12 택비례(擇妃禮); 임금이나 왕자, 왕녀의 배우자를 골라 뽑는 간댁 과정을 거쳐 배우자를 가려내는 예식

자영을 고종의 왕비로 맞게 된다.

명성황후는 1871년 11월에 첫아기를 낳았으나 불행히도 며칠 만에 죽었고 1873년 2월에 낳은 두 번째 아기도 역시 얼마 살지 못하고 죽었다. 결국 세 번째 만에야 낳은 아기가 훗날 고종의 뒤를 이어 조선의 마지막 왕이 된 순종이었고 이름은 이척(李拓)이었다.

그러나 고종이 성년이 된 후에도 권력은 넘겨줄 생각도 하지 않고 운현궁에서 국정을 이끌어가는 흥선 대원군에게 고종과 민비는 대립의 각을 세우게 된다.

대원군이 아무런 명분도 없이 섭정을 하고, 경복궁을 중건하고 군비를 증강하는 과정에서 백성들에게 막대한 부담을 안기고, 서원을 철폐하고 호포세를 거두어 양반층이 등을 돌리게 하는 등 정국을 불안하게 만든 것을 빌미로 민비와 고종은 대원군의 독재체제에 정면으로 맞서기 시작했다.

---

13 친영례(親迎禮): 신부의 집에 가서 신부를 데리고 신랑의 집으로 온 다음에 올리는 예식

흥선 대원군은 결국 국왕의 친정(親政)이라는 명분에 밀려 1873년 정계에서 은퇴하게 된다. 그러나 그 이후에도 정계로 복귀하기 위하여 여러 차례 음모에 개입하게 된다. 1881년 국왕 폐위 음모에 개입하고, 1882년 임오군란 때 잠시 재집권하기도 했으나 곧 청나라에 끌려가 3년간이나 잡혀있는 신세가 되었다.

1887년에도 위안스카이(원세개·元世凱)와 함께 고종의 폐위를 모의하기도 했으며 1894년, 일본이 조선에 내정개혁을 강제로 요구할 때에는 일본의 도움을 받아 잠시 정권을 장악하기도 했다.

그뿐만 아니라 1895년 을미사변[14]이 일어나자 흥선 대원군은 일본군과 함께 궁에 들어가 다시 한번 정권을 잡으려고도 했지만 을미사변의 진상이 밝혀지면서 아관파천[15]으로 러시아가 정권을 잡게 되자 정계에서 완전히 은퇴하게 되었다.

---

14 을미사변(乙未事變): 조선 시대, 1895년에 일본의 자객들이 경복궁을 침입하여 명성 황후를 죽인 사건
15 아관파천(俄館播遷): 조선 말기인 1896년 2월 11일부터 다음 해 2월 25일까지 고종황제와 세자가 러시아 공사관으로 옮겨서 거처한 사건

이후 홍선 대원군은 1898년(고종 35년) 78세로 생을 마감할 때까지 양주 '곧은골'에 은거하면서 조용히 살아갔다. 그는 서화에 뛰어났으며 특히 난초를 잘 그리기로 유명했다.

서두에서도 언급했듯이 홍선대원군은 78세에 달하는 긴 삶을 누렸지만, 이 소설에서는 그가 정권을 쥐기 직전인 1863년(철종 14년) 전후의 이야기만을 다루었다. 홍선대원군의 다난한 삶 전체를 이야기하는 것보다 삶을 결정짓는 극적인 부분만을 단층촬영 하듯 보여주는 편이 이 글을 읽는 독자에게 메시지를 선명히 제시할 수 있을 것이기 때문이다.

이후의 이야기를 쓰는 것은 나중으로 미룬다.

흥선 대원군 연보

이하응(李昰應): 1820년(순조20년)~1898년, 조선 26대 고
종의 아버지
별칭: 자는 시백(時伯), 호는 석파(石坡), 시호는 헌의(獻懿)
세간의 호칭: 대원위대감(大院位大監)
본관: 전주(全州), 영조의 현손 남연군(南延君) 이 구(李球)의
넷째 아들

1832년(순조 32년 12세) 어머니 여의다.

1837년(헌종 3년, 17세) 아버지 여의다.

1841년(헌종 7년, 21세) 흥선정(興宣正)이 되다.

1843년(헌종 9년, 23세) 흥선군(興宣君)에 봉해지다.

1846년(헌종 12년, 26세) 수릉천장도감(綏陵遷葬都監)의 대존관
(代尊官)이 되다.
종친부의 유사당상(有司堂上)이 되다.
오위도총부(五衛都摠府)의 도총관(都摠
管)이 되다.

1863년(철종 14년, 43세) 흥선 대원군으로 봉해지고 국정의 전
          권을 쥐다.
1873년(고종 10년, 53세) 11월 정계에서 하야(下野)하여 양주
          곧은골(直谷)로 은거하다.
1881년(고종 18년, 61세) 서장자인 이재선(李載先)을 옹립하여
          재집권을 꾀하다.
1882년(고종 19년, 62세) 6월 10일 임오군란 때 재집권하여
          명성 황후의 사망을 공포하다.
          7월 13일 청군 개입, 청국으로 연행
          되어 바오딩[保定]에 3년간 유폐되
          다.
1885년(고종 22년, 65세) 8월 위안스카이와 함께 귀국하다.
1887년(고종 24년, 67세) 둘째 아들 이재황(李載晃)을 옹립하고
          재집권하려다가 실패하다.
1897년(고종 24년, 67세) 2월 '아관파천' 후 친러 정부가 들어
          서자 양주 곧은골에 다시 은거하다.
1898년(고종 35년, 78세) 사망, 부대부인 민씨와 더불어 공덕
          리에 안장되다.
1907년(고종 44년)   대원왕(大院王)에 추봉되다.

소설 흥선 대원군을 전후한 한국사 연표

1862년 진주 민란 일어남, 임술 민란 시작됨. 익산, 개령, 함평에서도 민란 발생. 충청, 경상, 전라 각지에 민란 발생. '삼정이정청' 설치. 제주, 함흥, 광주(廣州)에 민란 발생.

1863년 금위영 군졸이 녹미 질이 나빠 소란을 일으킴. 동학 교주 최제우 체포됨. 고종 즉위, 흥선 대원군 이하응이 정권을 장악.

1864년 러시아, 국경을 넘어와 경흥 부사에게 통상을 요구함. 동학 교주 최제우, 대구에서 사형당함. 대원군의 서원 철폐 정책 시작. 세금 징수 관리의 횡포와 폐단을 금지하는 명령 내림. 환곡을 횡령하여 백성들을 착취한 관리들을 처형함. 포도청의 시중 쌀값 조작 행위를 금지시킴. 경기, 충청, 황해 3도에 화적이 성행함.

1865년 비변사를 의정부에 병합, 왕권 강화를 위하여 비변사 폐지. 만동묘 철폐를 명령함. 경복궁 중건 지시.

3군부 설치.

1866년 천주교 탄압. 제너럴셔먼호 사건 프랑스와의 전쟁
(병인양요).

1867년 오페르트의 도굴 사건. 당백전 주조 정지. 육전조
례 반포.

1868년 독일인 오페르트 남연군 묘 도굴 사건.

1871년 서원을 47개만 남기고 폐쇄. 미국과의 전쟁(신미양
요). 척화비 건립. 이필제의 난.

1873년 흥선 대원군 하야. 고종 친정 선포. 민씨 척족 집
권.

1875년 일본 운요호 강화도 침범.

1876년 일본과 강화도 조약(조일수호조규) 체결. 일본에 수
신사 파견.

1879년 지석영 종두법 실시.

1880년 통리기무아문 설치. 원산항 개항. 일본에 수신사
파견. 최시형 동경대전 간행.

1881년 일본에 일본시찰단, 청에 영선사 파견. 별기군 창
설.

1882년 미국과 조미수호통상조약 체결, 임오군란. 흥선대
원군 국정 장악. 청나라 흥선대원군을 텐진으로 납

치. 일본과 제물포조약 체결.

1883년 인천항 개항. 한성순보 발간. 기기창, 박문국, 전환국 설립. 태극기 국기 제정.

1884년 우정국 설치. 갑신정변. 한성 조약, 톈진 조약 체결.

1885년 배재 학당 설립. 광혜원(서양식 병원) 설립. 영국, 거문도 불법 점령. 흥선 대원군 귀국. 김옥균, 박영효 등 일본 망명.

1886년 육영 공원 설립. 스크랜튼, 이화 학당 설립.

1887년 경복궁에 전등 설치. 영국군 거문도에서 철수.

1889년 함경도, 곡식의 수출 금지(방곡령 선포).

1892년 동학교도, 삼례 집회. 지석영, 소아 우두 접종.

1893년 동학교도, 보은 집회.

1894년 전봉준, 동학 농민전쟁 개시. 청일전쟁 발발. 갑오개혁 추진. 공주 우금치 전투.

1895년 을미사변. 을미의병. 을미개혁. .

1896년 아관파천. 독립신문 발간. 독립 협회 설립.

1897년 대한 제국 성립. 광무개혁 추진.

1898년 만민 공동회 개최. 독립 협회 해체.

1899년 경인선 개통.

1900년 활빈당 활약. 독도를 울릉군 독도리로 편입. 한강 철교 준공.

1901년 제주도 농민항쟁. 혜민원 설치.

1902년 전라도 영암·순천 등지 농민 항쟁. 애국가 제정.

1904년 한일의정서 맺음. 경부선 준공. 러일전쟁 발발. 한일의정서 체결.

1905년 제2차 한일협약(을사늑약) 체결. 일본 독도를 강점하여 다케시마로 명명함. 태프트-가쓰라 각서 체결. 보성전문학교 개교. 손병희 동학을 천도교로 선포.

1907년 국채보상 운동. 헤이그 특사 파견. 고종 황제 퇴위. 군대 해산.

1909년 안중근, 이토 히로부미 사살. 나철 등 단군교(대종교) 창시. 일본, 청나라와 간도협약 체결

1910년 안중근 뤼순감옥에서 순국. 한·일 병합. 국권 피탈. 조선총독부 설치(초대총독 데라우치 마시다케). 토지조사사업실시 시작.